大亨小傳

The Great Gatsby

F. Scott Fitzgerald
史考特·費茲傑羅
張思婷——譯

幻滅的「美國夢」——永恆經典的再現與再譯：張思婷譯的《大亨小傳》

劉建基（世新大學英語系教授）

美國文學中以「美國夢」（American Dream）為內涵、以「樂園神話」（the Myth of Edenic Possibilities）所衍生的道德再生與光明希望為主題，是美國文學脈絡中的一條「光明」主軸。英國小說家勞倫斯（D. H. Lawrence）在其著作《美國文學名著研究》中，率先指出美國文學發展中的另一條「黑線」及其在美國文學史的「互補」價值。儘管這一條「黑線」反襯光明希望的神話，揭示「美國夢」的破碎與幻滅，勞倫斯認為它帶來「異類」、「他者」的聲音，不僅深化、豐富美國文學的內涵，且成為美國文學重要的資產。

費茲傑羅（Francis Scott Fitzgerald）的《大亨小傳》，即是美國文學中這條「黑色」

軸線的翹楚之作，在「二十世紀百大英文小說」（Modern Library 100 Best Novels）排行榜中，名列第二。《大亨小傳》講述的是關於「美國夢」幻滅的悲劇故事，不僅反映美國歷史上「爵士年代」（The Jazz Age:1918-1929）的社會奢華、道德頹廢與浮華拜金，並且刻畫人性中對「夢想」的永無止境追尋——儘管它可能不是光彩絢爛的美夢，而是一場枯萎凋謝的惡夢。書中主要人物蓋茲比，藉「綠光」寄深情，將其一生的信念寄託在黛西家的「綠燈」上，鍥而不捨地追尋其無法預知的破碎之夢，讀來令人不勝唏噓。小說結尾，敘述者尼克指出：

> 蓋茲比相信那盞綠燈，相信那就是他未來的高潮，而年復一年，高潮在我們眼前消退，我們撲了空，沒關係——明天再跑快一點，手再伸長一點，總有一天，我們總有一天——於是顛撲向前，逆水行舟，一次又一次，退回到過往。（張思婷譯，p.258）

費茲傑羅被譽為「爵士時代的桂冠詩人」，其小說作品往往帶有詩人的感性筆觸與濃郁情感，且擅長將象徵手法與寫實細節融於一爐，對譯者而言的確是一大考驗。《大亨小傳》的中譯版在華人世界已有二十多種，其中以喬志高譯的今日世界版（1971）最受讀者青睞。林以亮對喬志高忠實、流利、傳神的譯文讚賞有加，他指出：「費茲傑羅的詩意一發，受罪的人是譯者，那些要命的長句子，譯成中文之後，一口氣讀下來，令你覺得文理通順，真不知要花掉多少心血。」儘管喬氏譯本忠於原著，中文表達純熟道地，然而經過四十多年的歲月推移，用語顯得不夠現代，難免有年代隔閡之感。

相對於喬氏譯本，張思婷譯的漫遊者版（2013）能貼近我們這個時代的語彙，用語較為現代，口吻較為年輕，文意明快曉暢，讀來確有耳目一新之感。張譯以前人為師，儘可能準確翻譯費氏的英文原文，以期達到詞語上「信」的境界。此外，張譯「盡量保留原文的隱喻」，以期達到意境上的「信」。以第八章中的「聖杯」（Holy Grail）意象為例，張譯不僅在詞語層次沿用原文意象，另外神來「譯」筆，將中古時期騎士文學中的亞瑟王與圓桌武士「追尋聖杯」（the Quest for the Holy Grail）的傳奇故事融入譯文，「力求不加註釋以降低閱讀干擾」，達到意境上的「信」。

原文：He had intended, probably, to take what he could and go — but now he found that he had committed himself to the following of a <u>grail</u>. （Chapter 8）

喬版：起初他可能只想玩玩，然後一走了事——但後來他發現他把自己奉獻給一種「理想」的追求。

張版：本來他只是想且戰且走，沒想到一回神，自己卻成了<u>**追尋聖杯的騎士**</u>。（p.214）

如果費茲傑羅是《大亨小傳》文字的魔術師，那麼譯者張思婷即是一位成功的魔術師之化妝師。透過其生花妙筆的彩繪，相信讀者必能體會《大亨小傳》中「爵士年代」的社會風貌。

張思婷《大亨小傳》新譯推薦序

蘇正隆（台灣翻譯學學會前理事長，教授「筆譯專業」等課程）

一九八八年Modern Library選出二十世紀一百部英文小說名著，費茲傑羅（F.S. Fitzgerald）的《大亨小傳》（*The Great Gatsby*）位居第二（名列第一的是喬伊斯[James Joyce]的《尤利西斯》[*Ulysses*]），不過這部作品一九二五年出版後並未引起太大重視，甚至有評論家把它貶為流行言情小說。經過將近二十年的考驗，才獲文壇肯定，如今公認是美國文學經典之作，已無疑義。

這部作品敘述一個對愛情極為浪漫執著的人物的故事和悲劇，手法非常寫實卻又含蓄內斂。很多細節常若無其事的輕輕一點，埋下伏筆，到後頭才又自然而然的銜接起來，對情節的細膩安排，令人嘆服。而文字方面則更是千錘百鍊，特別是描述情境時，有時如樂曲演奏，舒展自如，有時像散文詩，意象豐富。像這樣的作品，要真正讀懂，能夠辨識出字裡行間的弦外之音，已經非常不容易，而要翻譯得好，更是極大的挑戰。

雖然這部作品一九六九年以前台灣已經有兩種譯本，但直到一九七一年今日世界出版了喬志高翻譯的《大亨小傳》，才引起廣大讀者的重視。當時我剛進外文系，對於充斥坊間的英美文學中譯本，大多頗有意見，但喬志高的翻譯，卻讓我讀來耳目一新。小說中的許多精采名句透過他的翻譯，往往能讓人琅琅上口，因此我心目中喬氏的翻譯大概就是典範，恐怕難以超越。

二〇一三年《文訊》約我撰寫〈台灣的外國文學經典翻譯出版熱潮〉，我調查一下，發現《大亨小傳》台灣至少有十六種譯本，二十四家出版社出版過，其中最近一個譯本，漫遊者出版的張思婷的新譯，讓人驚豔，套句章炳麟的名言，可以說是「前修未密，後出轉精」。她的譯本能夠將小說中許多獨具匠心的遣詞用字，很成功的傳達出來，用字非常靈活，還常有神來之筆。譬如底下幾個例子：

尼克剛到西卵不久，碰到陌生人問路，指完路後，他心裡感覺是：「He had casually

conferred on me the freedom of the neighborhood.」這句話翻譯起來很不容易，因為涉及一些文化因素——授予外地人本地市民的榮譽叫「confer on someone the freedom of the city」，張思婷巧妙的把這句譯成：

> 他隨口一問，倒讓我升格成為在地人。（張思婷譯，p.19）

喬志高的翻譯則是：

> 他在無意之間使我榮任了這一帶地方的封疆大吏。

「榮任這地方的封疆大吏」也許是古代的意思。相較之下，張思婷的新譯讓人更容易理解，也更貼近原意。以下幾則也是絕妙佳譯的例子：

> The lawn started at the beach and ran toward the front door for a quarter of a mile, jumping over sun-dials and brick walks and burning gardens- finally when it reached the house drifting up the side in bright vines as though from the momentum of its sun.

草坪從海灘直奔正門口，足足四百公尺，一路起伏過日晷、紅磚道和百花爭豔的花園，綠意奔到屋前煞不住，順勢化為滿牆碧綠的藤蔓。（p.22）

The exhilarating ripple of her voice was a wild tonic in the rain. I had to follow the sound of it for a moment, up and down, with my ear alone before any words came through.

她聲音裡的漣漪是雨中的美酒，聽得人飄飄欲仙，耳朵也跟著抑揚頓挫，總要隔一會兒回過神，才能細細咀嚼她說了些什麼。（p.125）

Daisy began to sing with the music in a husky, rhythmic whisper, bringing out a meaning in each word that it had never had before and would never have again. When the melody rose, her voice broke up sweetly, following it, in a way contralto voices have, and each change tipped out a little of her warm human magic upon the air.

黛西跟著屋裡的音樂，用她那富有磁性的嗓音，韻律有致地低吟起來，只把那一字一句傳唱成絕響，那意思以前不曾有，將來也不會再有了。待曲調拔高，她那副女低音

的嗓子甜甜輕轉，跟著爬了上去，每一次轉音都向夜空輕灑她溫暖的魔力。（p.159）

近年來的翻譯學界常有所謂「異化」、「歸化」的討論，主張「異化」論者，反對使用中文成語，認為應儘可能保留原文的句法與意象。不過無論就出版實務或讀者反應而言，文學翻譯採用異化策略，很難成功。

最近《時代雜誌》有篇文章〈Why Europe Can't Leave Greece Adrift〉（*Time*, June 25, 2015）台灣有人譯為「為什麼歐洲不能讓希臘**漂流出去**？」雖然adrift的本意是「在水上漂流」，但在上述語境，中文說「脫離」比較合乎習慣。有人認為這樣就犧牲了英文漂流的意象，但中文英文畢竟是兩種不同的語文，如果中文有類似譬喻，應儘量維持原文的意象，但不能太牽強，否則就是刻舟求劍。我們再看底下一句話，裡頭也出現adrift，「Somehow it had come adrift from the wall.」正常的情況下我們會說：「不知怎麼回事它就從牆上**脫落**了。」我們有可能說從牆上「漂流出去」嗎？

張思婷的新譯以新時代的語言，讓讀者細細品味費茲傑羅的生花妙筆所編織出來的一則浪漫傳奇與寓言。她對翻譯的拿捏，恰到好處。但是任何一本名著的翻譯都不可能十全十美，張譯有一些細節還有待推敲琢磨，但整體而言，這是一本相當了不起的譯本。

已成公共財產的經典名著，擁有眾多譯本並不稀奇。荷馬《伊利亞德》（*The Iliad*）的英譯，自一九五一年以來，至少就有二十二種（含Rieu及S.D. Andrew的原譯經後人大幅修訂者），但真正傳世的也只有Lattimore（1951）、R. Fitzgerald（1974）及Fagles（1990）三個譯本。一九五一年到一九七〇年代傾向直譯的Lattimore譯本獨占鰲頭，到了一九七〇年代後期詩人Robert Fitzgerald「以詩譯詩」，成為典範，九〇年代之後Fagles以鮮活的當代英語迻譯，又取而代之。平均約二十年，原來的名譯就顯得過時，讓位給更新、更好的譯本。現在《大亨小傳》已出現更新、更好的譯本，值得大家矚目。

再次獻給
潔姮

那就戴那頂金色帽子吧，如果這樣就能打動她；
如果你能跳，跳得高高地，那就為她而跳吧，
跳到她喊你：「愛人，跳躍的愛人，戴金色帽子的愛人啊，
你，就是我的！」

——湯瑪斯・帕克・汀佛里爾[1]

---

1 湯瑪斯・帕克・汀佛里爾（Thomas Parke d'Invilliers），作者費茲傑羅筆名，在其初試啼聲之作《塵世樂園》（*The Side of Paradise*）中，係男主角同窗好友的名字。《塵世樂園》是一本自傳性很強的小說，書中「湯瑪斯・帕克・汀佛里爾」一角，可說是費氏對其詩人好友畢曉普（John Peale Bishop）的投射。

Chapter 01
第一章

在我年輕、少不更事的時候，父親給過我一個忠告，至今仍縈繞在我心頭。

「批評別人之前，要記得，」他對我說，「不是所有人都像你，從小就那麼好命。」

父親點到為止，我們父子向來不用多說，他話中有話，我再清楚不過。因此，我絕少妄下斷語，而我這種脾性，惹來許多怪人對我推心置腹，害我被不少無聊人士引為知己。這些怪人的鼻子可靈了，只要這種難得的脾性出現在常人身上，他們立刻嗅出來，然後巴著不放；大學時代，一堆瘋瘋癲癲的張三李四私下跑來找我訴苦，害我遭人冤枉，說我是小政客。這些心底話多半是別人跟我說的。每當我發現不妙，某某某的心事已經冒到嘴邊，我不是假寐、裝忙，就是俏皮人家幾句。年輕人的心事經常抄來抄去，說來說去總是那一套，而且說得坑坑巴巴，顯然語帶保留。保留的話語是無窮的希望。至今我還是害怕會錯看了什麼，所以不敢忘記父親當年自命不凡的弦外之音，並且自命不凡地重述：人生器量，出生已定。

嗯，吹噓完自己的氣度，也該承認凡事總有個底限。人品有基於磐石、有出於泥沼，然而，經歷了某些事，我也不去在乎了。去年秋天，我從東部回來，一心希望全世界穿上制服、立正站好，不准踰矩半步；對於縱情瞥視人心的異秉，我也不想要了。唯獨蓋茲比，也就是本書的主人翁，唯獨他豁免在外。過去他象徵的一切，我都毫不留情地鄙夷；若說人格是一連串成功的手勢，那麼蓋茲比確實了不起，他對時運異常敏銳，有如一具精密的儀器，能夠偵測到萬里以外的地震；這並非美其名為才子風流的優柔善感，他那生來就異乎常人的樂觀，那種羅曼蒂克的嚮往，都是在我認識的人身上所找不著的，將來也不會再遇到的。喔，蓋茲比很好。是那縈繞在他心頭的美夢，以及尾隨在美夢之後的濁濁塵埃，讓我對人心轉瞬即逝的悲喜，暫時失去了興趣。

•

我們卡拉威家族富裕顯赫，祖宗三代都在美國中西部這座城市落腳，在當地稱得上名門望族。長輩總說我們跟蘇格蘭的大地主蒲克勒公爵同宗，但其實我們這一支系的家業是我大叔公打下的。一八五一年，大叔公來到美國，花錢買了個替身，送到前線去打南北內戰，自己留在後方做起五金批發，這生意就一直傳到我爸手上。

我從沒見過大叔公，但據說我跟他長得很像，還說簡直跟我爸辦公室牆上那幅硬漢肖像一模一樣。一九一五年，我從耶魯大學畢業，正好跟我爸相隔四分之一世紀。不久，我參加遲來的條頓民族大遷徙，人稱歐戰。我反攻殺敵殺了個眼紅，退伍返鄉反覺了無生氣。我的故鄉原本是溫暖的世界中心，如今卻成了荒涼的宇宙邊緣——我決定到東部發展，去學做股票生意。所有我認識的人都靠交易所吃飯，我想多我一張嘴應該也無妨。為了這件事，我的叔伯姑嬸商量了好久，好像在討論要送我上哪一所私立中學，最後才板著臉、猶疑地說：「哎呀，好吧好吧。」爸爸答應資助我一年，後來幾經拖延，終於，在一九二二年春天，我來到東部，心想永遠不回去了。

雖然在城市裡找房子比較實際，但是春日和煦，加上我剛離開廣袤的草原和怡人的林蔭，因此，辦公室的同事才提議到近郊合租一間房子，我立刻就心動了。他找了一間飽經風霜的木造平房，一個月八十元，正要搬進去時，公司卻把他調到華盛頓，我只好自己一個人搬到郊外。跟我作伴的有一條狗，雖然後來跑了，但至少陪了我幾天；再來就是一輛老舊的道奇，和一個芬蘭女傭，她替我鋪床、做早點，在電爐前面絮絮叨叨，用芬蘭語述說著人生大道理。

這樣寂寞的日子過了一天，還是兩天；一天早晨，有個比我還晚搬來的陌生人，在半路上把我攔了下來。

「西卵鎮怎麼走？」他無助地問。

指完路之後，我繼續往前走，愈走愈不寂寞。我是嚮導，開路者，先來這裡落戶的人。他隨口一問，倒讓我升格成為在地人。

陽光普照，樹木如電影快轉般抽芽長葉，熟悉的信念又重回我的心頭，相信隨著夏天的到來，萬物又會復始重生。

有讀不完的書冊，青春的空氣裡也有呼吸不完的健康氣息。我買了十幾本工作用書，有銀行學、有信用貸款、有投資證券，在書架上一字排開，紅皮燙金的，好似新鑄的錢幣，閃爍著金光閃閃的祕密，只有邁達斯國王、財閥摩根和羅馬富豪梅賽納斯（Maecenas）通曉。除此之外，我滿懷抱負，打算涉獵群書。我在大學也算是文藝青年，曾經替《耶魯學報》寫了一年嚴肅又膚淺的社論。我打算重操舊業，再次成為什麼都會但也什麼都不會的專家——「通才」；我這可不是在打趣，人生還是單從一扇窗子看出去會比較成功。

說來也巧，我租房子的地方正好是北美洲最不可思議的地帶：一座夜夜笙歌的細長島嶼，從紐約往東延伸，島上奇觀處處，其中有兩塊土地特別希奇，就位在距離市區三十公里左右的地方，兩塊土地的輪廓一模一樣，好像兩顆巨蛋，中間隔著稱不上是海灣的海灣；兩邊地角伸出去，深入西半球最歸順的海域，最豐饒的海洋穀倉——長島海灣。這兩塊土地並非完美的鵝卵形，反而像是傳說中哥倫布立起的那顆蛋，底端給敲扁了；縱使如此，海鷗從上空飛過時，看到兩塊一模一樣的土地，一定又驚又奇；而對於只能在地上行走的我們來說，更不可思議的還在後頭：這兩塊土地除了形狀大小之外，再也找不到任何相似之處。

我住的地方是西卵，就是……比較沒那麼時髦的那一邊，不過用時髦來區分都還只觸及皮毛而已，兩邊存在著更怪誕而且害人不淺的鴻溝。我租的木屋位在西卵的地角，五十碼外就是海灣，左右兩邊都是別墅，租一季要價一萬二到一萬五。右手邊那一幢不管用什麼標準去看，都可稱得上是氣派輝煌，外型仿法國諾曼第某一座市政廳，單邊矗著塔樓，簇新的磚瓦，爬著稀疏的常春藤，還有一座大理石游泳池，和超過十五公頃的草坪和花園。這是蓋茲比的豪宅，或者說是……（因為我當時還不認識蓋茲比先生），某位姓蓋茲比的紳士閑居的宅邸。我住的木屋實在很醜，幸而不大，沒人注意，我才得以欣賞海景和鄰居的草皮，並且因為和富豪比鄰而居感到寬慰，而且一個月租金才八十元。

海灣的對面是一排白色的華邸，時髦的東卵在水邊閃閃發亮。這年夏天的故事，就從我開車到東卵與湯姆．勃肯南一家共進晚餐開始。黛西．勃肯南是我的遠房姪女，湯姆．勃肯南則是我大學同窗，戰後我還到芝加哥讓他們招待了兩天。

黛西的先生擅長體育，是耶魯大學校史上最剽悍的橄欖球邊鋒，當年可說是聞名全美，這種成名得早的人（才二十一歲就在體壇登峰造極），往後的人生總得飽嘗走下坡的滋味。湯姆家境富裕，大學時代的揮霍功力已經天怒人怨，這回他從芝加哥搬來東部，搬家的陣仗更是讓人瞠目結舌，比方說吧，他愛打馬球，就把湖森區老家的馬全都運過來，實在很難想像我的同輩之中居然有人如此富有。

他們搬來東部的原因我不清楚，之前無緣無故去了一年法國，後來又東飄西蕩，哪裡有可以打馬球的有錢人，哪裡就有他們。這次不會再搬了，黛西在電話上說，但是我不相信——不是我會讀黛西的心，而是我覺得湯姆這個人會流浪一輩子，悵惘地追尋當年球場上騷動的風雲，那回不去的青春。

於是，在一個微風和煦的傍晚，我驅車到東卵去見兩位無甚交情的老朋友。他們的府邸富麗堂皇，超乎我的期待：喬治國王殖民風格的莊園大宅，紅白相間的愉悅配色，正面看出去就是海灣。草坪從海灘直奔正門口，足足四百公尺，一路起伏過日晷、紅磚道和百花爭豔的花園，綠意奔到屋前煞不住，順勢化為滿牆碧綠的藤蔓。房屋正面開了一排落地窗，此時正逆著夕陽的金暉，迎著和煦的暖風，湯姆・勃肯南一身騎裝，雙腳叉開，站在門廊。

比起大學時代，他變了。眼前的他三十歲，魁梧的身材，麥禾的髮色，堅毅的嘴角，傲慢的姿態，不可一世的雙眼鋒芒畢露，是他最突出的五官，予人隨時要往前撲的印象。就連那襲宛若女裝的華麗騎裝也掩蓋不了他孔武有力的事實。雪亮皮靴裡塞著的兩條腿，簡直要把鞋帶繃斷；每次他肩頭一轉，便能隔著薄外套看見肌肉鼓起。這是一具充滿爆發力的身軀——蠻橫殘暴的軀體。

他說話的聲音粗嘎沙啞，加深了他粗魯的印象，而且帶著長輩輕視晚輩的口吻，即使對有好感的人也是這樣，以前在耶魯就有人因此討厭他。

「別以為我說話沒得商量。」他說話總帶著這麼一點味道。「我只不過比較壯、比較像男人罷了。」我們大三、大四同一個社團，雖然始終沒有成為至交，但是我總覺得他很看得起我，而且希望我待他就像他待我，要嚴厲、要違抗、要悵望。

我們在前廊的陽光裡聊了幾分鐘。

「我這地方挺不賴的。」他的目光逡巡閃爍。

他拉著我的臂彎，帶著我轉了個方向，用他寬厚的手掌拂過眼前的景致，這一拂，就拂過了義式的低窪花園、半畝香氣襲人的玫瑰，還有一艘短鼻子的遊艇，在岸邊拍打著浪花。

「本來是德曼的，就是那個石油大王。」他又帶我轉了個方向，很客氣，也很突兀。

「我們進去。」

穿過挑高的走廊，走入玫瑰色的明亮空間，兩頭嬌滴滴地用落地窗圍起，窗戶半敞，明淨雪亮，窗外的綠意彷彿要長進屋裡來。一陣微風吹過，這頭的窗紗落下，那頭的窗紗又起，宛如一片白色的旗海，翻呀飛地，簡直要碰到奶油花似的天花板，落呀落地，猶如風吹海面一般，在酒紅色的地毯上掀起了波浪、灑下了陰影。

屋裡唯一文風不動的是一張偌大的沙發躺椅，兩位年輕的仕女彷彿搭著綁了線固定好的氣球，輕飄飄地浮在沙發上，全身素白，衣裙飄飄，彷彿乘風繞了屋子一圈，剛剛才飛回來。我準是在原地杵了好一會兒，聆聽窗紗的颯颯和畫像的嘆息。突然砰一聲，湯姆・勃肯南把裡面一排窗戶關上，風給逮住了，即刻平定下來，窗紗、地毯和仕女也冉冉飄回地上。

年輕的那位仕女和我素昧平生。她打直身子，躺在沙發的那一側，一動也不動，微微揚起的下巴像上頭頂著個東西，彷彿隨時會掉下來。不知她有沒有用眼角餘光瞄到我，即使有，她也毫不動聲色。老實說，我被她嚇了一跳，差點囁嚅了一聲抱歉，不好意思這樣闖進來打擾到她。

另一位仕女就是黛西，她作勢要起身，上半身微微前傾，臉上帶著殷切的表情，接著輕笑一聲，笑得那樣輕靈、那樣傻氣、那樣迷人，看得我也跟著笑了起來，邁開步伐走進客廳。

「看我開心到癱——了。」

說完她又笑，好像在笑自己說了什麼妙語。她握著我的手，抬頭仰望我的臉，發誓說全世界她最想見到的人就是我。她很會這一套。她壓低嗓子，說那個頂東西的女孩是貝克家的小姐。（聽說黛西說話的聲音那樣輕，是故意想讓人湊近；但這種不痛不癢的批評，絲毫無損她這魅力。）

總之，貝克小姐的嘴脣掀了掀，若有似無地朝我點了個頭，緊接著又揚起下巴，方才東西頂得好好的，這回歪了一下，險些沒掉下來。道歉的話又冒到我嘴邊。只要遇上這種我行我素的行徑，我總是看傻了眼，由衷感佩。

我回頭去看我的表姪女，她正在跟我問話，那輕柔逗人的聲音，聽得你的耳朵也跟著抑揚頓挫，彷彿她吐出的每個字都是音符，一經演奏便成絕響。她的臉龐嬌美憂鬱，五官亮眼，有著明亮的眼眸，還有兩瓣熱情的嘴脣，但追求過她的人都說，最難忘的還是她說話時掩不住的興奮，彷彿說著說著就要唱起歌來。「嘿」，像這樣附在你耳邊，說著她做了哪些好玩的事，等等又要做哪些好玩的事。

我告訴黛西，我到東部來的時候路過芝加哥，有一打朋友要我代為問好。

「大家真的那麼想我？」她欣喜若狂地說。

「少了妳，芝加哥好冷清啊。滿街的車子都把左後輪漆成黑色，以示默哀，夜裡城北的湖邊更是哭聲不斷。」

「太動人了。我們回芝加哥吧，湯姆。明天就走。」說著她又跳了個話題，「你一定要見見寶寶。」

「好啊。」

「她睡了。今年兩歲了。你還沒見過？」

「沒有。」

「那你一定要見見，她真的好——」

湯姆．勃肯南浮躁地在客廳裡轉來轉去，此時突然停下腳步，手搭著我的肩頭。

「在哪裡高就啊，尼克？」

「我在做股票生意。」

「哪家？」

我告訴他。

「沒聽過。」他斷然地說。

我很不高興。

「等著瞧。」我的回答很簡慢。「你在東部住久了就知道了。」

「呿，我會住下來的，用不著你操心。」他瞥了瞥黛西，接著看了我一眼，好像在提防什麼似的。「他媽的我再搬家就是天下第一大傻瓜。」

就在這時，貝克小姐開口了：「沒錯！」她說得突然，嚇了我一跳。這是我進門之後她說的第一句話，她顯然也跟我一樣嚇到了，先是打了個呵欠，接著敏捷地起身。

「全身僵硬。」她埋怨。「天曉得我躺了多久。」

「別看我。」黛西回嘴。「我問妳去不去紐約問了整個下午，是妳自己不愛去。」

「不了，謝謝。」貝克小姐婉拒廚房送上來的第四杯雞尾酒。「我在控制飲食。」

東道主狐疑地看著她。

「是嗎！」湯姆一口氣把雞尾酒乾了，彷彿杯裡只有一滴酒。「真搞不懂妳怎麼會有今天！」

我望了望貝克小姐，好奇她有什麼「豐功偉業」。看著她是一種享受。她身材修長，胸部不大，上半身很挺，加上她刻意把肩膀往後夾，像個軍校學生似的，看上去又更挺了。她那雙灰眼睛被太陽照得瞇起來，客客氣氣地看著我，滿是不悅的蒼白俏臉跟我一樣透露著好奇。我突然想起我好像在哪裡見過她，或是看過她的照片。

「你住西卵？」她語帶輕蔑。「我有個認識的人也住那。」

「我半個認識的人也沒——」

「蓋茲比總認識吧。」

「蓋茲比？」黛西問。「哪位蓋茲比？」

我還來不及回答說他是我的鄰居，前廊就宣布開飯了。我臂彎裡突然多了一隻硬邦邦的胳膊，湯姆．勃肯南霸道地要我移駕出客廳，彷彿當我是一只棋，他要從這一步下到另一步。

懶懶地，裊裊地，兩位仕女手搭著腰走在前頭，來到玫瑰色的陽台，陽台面西，正對夕陽，桌上點著四根蠟燭，在微風裡搖曳。

「點什麼蠟燭？」黛西蹙眉嘟噥，手一伸，捻熄了燭火。「再兩個禮拜就是夏至了，是每年白天最長的日子呢。」她的臉亮了起來。「你們是不是總盼著夏至趕快來，等到來了卻又錯過了？我總盼著夏至趕快來，等到來了卻又錯過。」

「是不是應該安排一下。」貝克小姐一邊打呵欠一邊就坐，彷彿準備就寢了。

「好哇。」黛西說。「安排什麼好？」她無助地轉頭看著我。「大家都怎麼安排？」

我還來不及回答，她就露出驚懼的目光，猛盯著她的小拇指。

「看！」她怨道。「我受傷了。」

大家的目光都集中到她手上──指節的地方青一塊紫一塊。

「都是你，湯姆。」她責怪道。「我知道你不是故意的，但你弄傷我了。誰叫我嫁了個暴力的丈夫，粗壯粗魯又笨重的……」

「我討厭『笨重』這兩個字。」湯姆說。「就算開玩笑也不行。」

「笨重。」黛西硬要講。

席間她和貝克小姐時而咬咬耳朵，講些無傷大雅的笑話，但稱不上閒聊，就只是淡淡的，像她們的白色衣裙，也像她們別無所求的淡漠眼神。她們就這麼坐著，敷衍湯姆，也敷衍我，偶爾客套地應酬幾句，知道晚餐很快就會結束，這一晚也很快就會過完，無所謂，什麼都無所謂。這和我在西部所見大不相同。西部的晚宴總是匆匆，害怕長夜將盡，期待又總是落空，於是，在失落與恐懼中，夜一步一步走向盡頭。

「搞得我好不文明啊，黛西。」兩杯酒下肚，我說話也坦白了，這紅酒帶有軟木塞味，但是相當精采。「妳能不能聊聊莊稼之類的事？」

我說這句話並沒有什麼特別的用意，誰知這個話茬兒卻被接了過去。

「文明要瓦解啦！」湯姆氣憤地嚷了起來。「我近來覺得世風日下。看過戈達那傢伙寫的《有色帝國崛起》嗎？」

「呃，沒有。」我很驚訝他居然這樣動氣。

「這書寫得不錯，大家都應該讀一讀。書的大意是說，如果我們再不留意，白色人種就要……就要沉淪了。這說法是有科學根據的！科學家已經證明了！」

「湯姆愈來愈有深度了。」黛西的語氣帶著淡淡的哀愁。「他讀的書都好難，裡面的單字都好長。你上次說的那個什麼字……」

「我說，這些書都有科學根據的。」湯姆不耐煩地瞅了她一眼，繼續原來的話題。「戈達那傢伙說得很清楚，一切都要看我們，看我們這些統攝一切的白種人肯不肯當心，否則其他有色人種就要爬到我們頭上來啦。」

「我們一定要打倒他們。」黛西壓低嗓子，對著燃燒的夕陽猛眨眼。

「你們應該要搬去加州——」貝克小姐才開口，湯姆就笨重地挪了挪身子，打斷她的話頭。

「是這樣的，我們都是北歐民族的後裔。我是，你是，妳也是，還有——」湯姆遲疑了零點一秒，朝黛西微微揚了揚下巴，表示她也是；黛西又對我擠擠眼。「——文明還不是我們這些人創造出來的，像什麼科學啦，藝術啦。懂嗎？」

看他講得那麼認真，實在有點悲哀；他自命不凡更勝以往，但似乎還想更自命不凡。差不多就在這時候，屋裡的電話響了，男管家離開陽台去接，黛西把握這短短的岔兒，將臉湊了過來。

「告訴你我家的內幕吧。」她興奮地跟我咬耳朵。「關於那個男管家的鼻子。你想知道他的鼻子怎麼了嗎？」

「我今晚來不就是為了聽這個？」

「那個男管家啊，其實以前不是當管家的。他在紐約一戶人家那裡做事，專門負責擦銀器，那戶人家有一套供兩百人使用的銀器，他每天從早擦到晚，擦到後來鼻子不行了……」

「後來每況愈下。」貝克小姐在一旁提醒。

「沒錯，後來每況愈下，最後只能辭職了。」

最後一抹夕陽餘暉親吻她容光煥發的臉頰，她的聲音聽得我屏息向前——就在這時，夕陽西沉，斜暉依依不捨地離開了她的臉龐，彷彿黃昏時在街上玩耍的孩童，捨不得回家。

男管家回到陽台上，附在湯姆的耳邊嘀咕，湯姆把眉頭一皺、椅子往後一挪，一聲不響走進屋內。湯姆前腳剛走，黛西彷彿想到什麼似的湊過來，快樂地唱了起來。

「尼克，我真喜歡跟你同桌吃飯。你讓我想起……想起一朵玫瑰，一朵玫瑰中的玫瑰，妳說是不是？」她轉頭要貝克小姐附和。「一朵玫瑰中的玫瑰？」

睜眼說瞎話。我跟玫瑰一點也不像。她只是想到什麼就說什麼，但卻洋溢著撩人的溫熱，彷彿整顆心奔向你，就藏在那字字動人的話語裡。忽然她把餐巾往桌上一扔，暫時離席，走進屋裡。

貝克小姐和我迅速對看了一眼，有意不讓眼神洩漏心事；我正要開口，她卻機敏地坐高坐直，警告地「噓」了一聲。屋內傳出激動的耳語，貝克小姐肆無忌憚地側耳傾聽，就在快要聽清楚之際，那陣窸窣低了下去，又激動地高了起來，接著戛然而止。

「妳剛才提到的那位蓋茲比先生，是我的鄰居——」我起了個頭。

「別出聲。我想聽是怎麼回事。」

「怎麼了嗎？」我傻傻地問。

「你是說你毫不知情？」貝克小姐說。「我以為大家都知道。」

「我不知道。」

「唉——」她猶豫了一下，說：「湯姆在紐約有女人。」

「有女人？」我茫然地重複她的話。

貝克小姐點點頭。

「這女人也真不識大體，居然挑晚餐時間打來，你說是吧？」

我還沒會意過來，便聽見裙襬摩挲和皮靴踩地的聲響，湯姆和黛西雙雙回到飯桌上。

「真拿他沒辦法。」黛西強顏歡笑大聲說道。

她一邊就坐，眼神一邊在我和貝克小姐臉上搜索，接著又說：「我看了一下外面，外面好羅曼蒂克喔，有一隻夜鶯停在草坪上，一定是跟著康拿或是白星公司的船從英國過來的，正在那裡引吭高歌——」她的聲音也像唱歌一樣。「真的很羅曼蒂克，湯姆，你說對不對？」

「是很羅曼蒂克。」說完他淒慘地看著我：「如果外頭天色夠亮，飯後我帶你去馬房繞一繞。」

屋裡電話鈴聲大作，響得嚇人，黛西堅決地朝湯姆搖頭，馬房的事頓時化為泡影，所有話題都消失在空氣中。那次飯局最後支離破碎的五分鐘，蠟燭又莫名其妙點了起來，我極力正視其他人的臉，同時避免四目相接。我揣摩不出黛西和湯姆當時的心思，但我懷疑就算像貝克小姐那樣冷眼看待人世，也無法將這位不速之客的刺耳鈴聲趕出腦海。某些個性的人可能會覺得這場面很有趣——我的直覺反應則是應該馬上打電話報警。

馬房的事不用說，當然是沒再提了。湯姆和貝克小姐隔著一公尺左右的黃昏，一前一後踱回書房，看那神情，彷彿是要去替死人守喪；我一面裝聾作啞、一面擺出興味盎然的模樣，尾隨黛西走過一條又一條的遊廊，來到屋前的陽台，在蒼茫暮色中，和她並肩坐在一張藤椅上。

黛西雙手托腮，彷彿在感覺自己可愛的臉蛋，眼神飄向天鵝絨般的暮色。我看出來她心中的澎湃，於是問起她女兒的種種，希望能讓她鎮定下來。

「其實我們不太熟，表叔叔。」她突然來這麼一句。「雖然我們是表親。我結婚你也沒來。」

「那時還在前線打仗。」

「也是。」她頓了一下。「表叔叔，我的生活好淒慘，變得憤世又嫉俗。」她大可憤世嫉俗。我等她繼續往下說，她卻就此打住，過了一會兒，我只好勉強將話題引回她女兒身上。

「她會說話了？會吃東西……之類的？」

「喔，會啊。」她心不在焉地看著我。「唉，表叔叔，告訴你她出生時我說了什麼吧。你想聽嗎？」

「當然。」

「聽完你就會了解我……對世事的看法了。她出生不到一個鐘頭，天曉得湯姆上哪兒去了。我從麻醉中醒來，覺得世界拋棄了我。我問護士是男孩還是女孩，護士說是女孩，我轉頭默默掉眼淚。『好吧，』我說，『女孩就女孩。將來最好當個傻瓜。女孩在這世上最好的出路，就是當個漂亮的小傻瓜。』」

「懂了嗎，反正這世界沒救了。」她信誓旦旦地說。「大家都這麼想——有見識的人都這麼想。而我不用想。我就是知道。我什麼地方沒去過，什麼世面沒見過，什麼事情沒做過。」她一眨一眨地環顧四周，那目空一切的神情，跟湯姆簡直如出一轍。她冷笑一聲，令人毛骨悚然。「真世故……天啊，我好世故。」

她話音一落，不再撒嬌著要我聆聽、要我相信，我立刻察覺她話中有假。我覺得渾身不自在，彷彿這頓飯局是個圈套，要引出我世故的一面。我等著，果然，一會兒她轉頭看著我，可愛的臉蛋浮現一抹冷笑，彷彿宣告她屬於某個上流圈子，湯姆和她是其中的祕密成員。

屋裡，那緋紅的房間燈光怒放。湯姆和貝克小姐分坐在長沙發兩頭，她拿著《星期六晚郵》唸給他聽，唸得窸窸窣窣、平平板板，唸成一支撫慰人心的曲子。燈光在他的皮靴上閃閃發亮，在她如秋葉的黃髮上暈成柔光，每翻一頁，燈光便在書頁上閃爍，精瘦的手臂也隨之顫抖。

入內時，她舉手示意我們暫別作聲。

「下期，」說著把週刊往桌上一扔，「待續。」

她膝頭一動，直起身子，霍地站起來。

「十點啦。」她彷彿在天花板上看到了時間。「好孩子該上床睡覺了。」

「嬌丹明天要出賽，」黛西解釋道，「要到威徹斯特。」

「喔——原來妳是嬌丹．貝克。」

我知道她為什麼那麼面熟了——她那張不可一世的俏臉經常從報章雜誌的體育版望著我，或許是北卡羅萊納州的阿什維爾，或許是阿肯色州的溫泉公園，或許是佛羅里達州的棕櫚海灘。我聽說過她的傳聞，依稀記得是對她的負面批評，但是詳細情形早就忘了。

「晚安。」她輕柔地說。「明天八點叫我。」

「妳起得來再說。」

「我起得來。晚安，卡拉威先生。再會。」

「你們一定會再碰面的。」黛西附和道。「憑良心講，我還滿想撮合兩位。表叔叔，有空多來我們家走走，我會想辦法……唔……把你們湊成對，像是不小心把你們鎖在寢具櫃裡啦，或是把你們放在小船上推進大海裡，總之就是這一類的……」

「晚安。」貝克小姐的聲音從樓梯上傳下來。「妳說什麼我聽不見。」

「她是個好女孩。」隔了一會兒，湯姆說：「怎麼放她一個人在外頭跑。」

「你說誰放她在外頭跑？」黛西冷冷地問。

「她家裡。」

「她家裡只有一個姑媽，七老八十了。再說，我表叔叔會照顧她啊，對不對，表叔叔？她今年夏天會常來我家過週末。我想我們家的環境對她大有好處。」

黛西和湯姆默默看了對方一眼。

「她是紐約人？」我趕緊問了一句。

「是路易斯維爾人。我們潔白無瑕的少女時代就在路易斯維爾度過，我們美麗又潔白的……」

「妳在陽台上把心事都告訴尼克了？」湯姆突然質問。

「我嗎？」她看著我。「我不記得了，只記得我們聊到北歐民族……對，沒錯，不知不覺就聊到那上頭了，等到回過神……」

「別信人家的鬼話。」他勸我一句。

我四兩撥千斤地說我什麼也沒聽見，幾分鐘後便起身告辭。他們送我到門邊，並肩站在一塊愉悅的燈光下。我發動車子，黛西突然霸道地說：「等等！」

「忘了問你一件事，一件很重要的事。聽說你在西部訂婚了。」

「沒錯。」湯姆好心幫腔。「聽說你訂婚了。」

「不過是流言蜚語罷了。我哪來的錢。」

「可是我們真的聽說了。」黛西堅持，令我詫異的是，她又像一朵花一樣盛開了。「我們聽三個人說過，錯不了的。」

他們說的事我心裡也有數，但是八字都還沒有一撇，談什麼訂婚。事實上，我會到東部來，一方面也是因為家鄉謠言滿天飛。為了謠言和老朋友斷交雖然不可取，但是我更無意為了謠言而步入婚姻。

他們的關心讓我很感動，也讓他們少了一點有錢人高高在上的味道；儘管如此，開車回家的路上我還是對這對夫婦感到不解，甚至有點厭惡。在我看來，黛西應該火速抱著孩子逃出這個家，但是她那顆腦袋瓜裡顯然沒有這個念頭。至於湯姆，他「在紐約有女人」我不驚訝，他為了一本書而意志消沉才讓我詫異。是什麼迫使他在陳腐的學說裡齧食，彷彿他向來自豪的壯碩體魄，已經無法滋養他那顆唯我獨尊的心。

盛夏降臨在公路旅館的房頂，駐足在汽車修理廠門口，門口的電燈光圈裡，蹲坐著一台一台鮮紅色的加油機。我回到西卵的寓所，停車入庫，在院子裡那台閒置的壓草機上坐下來。風散了，留下晴朗熱鬧的夜，林間傳來振翅的鼓譟，有大地作風箱，那片蛙鳴猶如風琴一般響。月光裡，貓的剪影一晃而過，我別過頭去，發現我並非獨自一人——十五公尺外，有個人影從隔壁宅邸的陰影中走出來，手插著褲袋，站著，仰望滿天銀粉似的星斗。從他一派悠閒的舉止，和他頂天立地的站姿，可知他就是蓋茲比先生本人，這回正在視察方圓百里之內，哪塊是他的領空。

我決定跟他打聲招呼。剛才晚餐時貝克小姐提過他，正好可以作為自我介紹的引子。但是我並沒有叫他。他突然露出想要獨處的意思，只見他雙臂往前一伸，彷彿想觸及黝黑的海水，姿勢相當古怪，即使我離他那麼遠，還是可以看見他在發抖，真的，我發誓。我情不自禁地望向海邊，在一團漆黑中，只見一盞綠色的光，那麼渺小，那麼遙遠，也許是哪座碼頭的盡頭吧。我回頭去看蓋茲比。他不見了，只剩我，在這騷動的黑夜裡。

Chapter 02
第二章

從西卵到紐約，半路上公路急忙與鐵軌碰頭，並排跑上四百公尺，好避開那整片荒蕪——那座堆滿灰燼的山谷。山谷裡，煤灰猶如麥田裡的麥子，滿山滿谷，蔚為奇觀，長成一座座奇形怪狀的花園，或是堆成房屋，或是塔成煙囪，或是氤成炊煙，最後幻化成人形，在漫天塵土中影影綽綽地走，隨著粉塵灰飛煙滅。偶爾可見灰撲撲的列車沿著看不見的鐵軌悠悠駛過，鬼嘯一聲後戛然停止，一群泥人拖著鐵鏟一窩蜂衝出來，揚起伸手不見五指的塵暴，讓人看不清他們幹的活兒。

不過，越過這片灰濛濛的荒地，越過一陣陣揚起的煙靄，只要凝視得夠久，就能看見艾科保醫生的眼睛。艾科保醫生的眼睛又藍又大，光是瞳仁就高近一公尺。這雙大眼不是長在臉上，卻是長在黃色眼鏡上，而這副黃色眼鏡則是架在一根不存在的鼻梁上，顯然是皇后區某位眼科醫生異想天開，在這兒豎了這麼一塊廣告看板，只盼能肥一肥自己的荷包，但他後來不是入土為安永不見人世，就是搬遷以後遺忘了這塊牌子。他這雙眼睛因為日晒雨淋、久未上漆，已經失去曩昔的光彩，可是依然若有所思，俯瞰著這片肅穆的灰燼。

灰燼谷旁有條又髒又臭的小河，每逢吊橋升起讓駁船駛過，火車上等候過橋的乘客就只能盯著一片荒蕪，一盯就是半個小時。平時火車經過這裡總要停上一分鐘，正因如此，我才初次見到湯姆．勃肯南的情婦。

認識他的人都一口咬定他有情婦，熟一點的還氣憤他公然帶她出入時髦餐館，帶去了又把人家晾在一旁，自個兒倒是大搖大擺，四處找熟人攀談。我雖然好奇她的模樣，可是心裡並不想見她——但到頭來卻見著了。那天下午，我跟湯姆搭火車到紐約去，火車在灰燼谷暫時停靠，他突然跳起來，一把抓住我的手肘，簡直是用拖的把我拖下車。

「我們下車。」他堅持。「帶你去見我女人。」

我看他是午餐喝多了，才會這樣蠻橫地硬拉我作陪，顯然高傲地認為：反正我週日下午也沒別的事情好做。

我尾隨他跨過鐵道旁低矮的白色柵欄，在艾科保醫生目不轉睛的注視下，沿著公路往回走了將近一百公尺，舉目只見一排黃磚屋坐落在荒地邊緣，就這樣短短一排，四下空空如也，算是當地的迷你大街，供應居民生活所需。裡頭共有三家店鋪，一家在招租，一家是通宵營業的飯館，門前是一條人來人往留下的煤灰，另一家是汽車修理行：汽車維修——喬治．韋爾森——汽車買賣。我跟著湯姆走了進去。

店裡生意蕭索，四壁徒然，角落蹲著一台破福特，在黑暗裡生灰塵。我心裡閃過一個念頭：這昏暗的車行一定是個幌子，豪華浪漫的公館就藏在樓上。才想著，車行老闆便從辦公室門後現身，拿著一塊破布在那裡擦手。這人一頭金髮，神情委靡，臉上面無血色，勉強稱得上俊美，一見到我們，淡藍色的眸子裡突然迸出一抹黯淡的希望。

「哎呀，韋爾森，你這傢伙。」湯姆快活地拍了拍他的肩膀。「生意怎樣啊？」

「沒得抱怨。」韋爾森回答得很勉強。「你什麼時候要把車賣給我？」

「下禮拜。我已經派人去處理了。」

「手腳挺慢的，那小子。」

「你說誰慢了？」湯姆冷冷地說。「你要這樣想，我看我乾脆賣給別人算了。」

「我不是這個意思。」韋爾森趕緊辯解。「我只是說——」

他的聲音低得聽不見，湯姆不耐煩地環顧車行。不多時，便聽見樓梯上傳來腳步聲，一晃眼，豐腴的女體擋住了辦公室門口的光。她大約三十五、六歲，有些肉感，但就像某些豐滿的女人一樣，胖得好看。她身穿深藍色圓點薄縐紗洋裝，領口上那張臉怎麼看都稱不上漂亮，但明顯感覺到她活力四射，彷彿全身每根神經都在冒煙悶燒。她慵懶一笑，穿過丈夫，彷彿當他是鬼魂，只顧和湯姆雙手交握，直勾勾地和他眼對眼。她抿溼嘴脣，也不回頭，用輕柔沙啞的嗓音吩咐丈夫：「搬幾張椅子過來吧，嗯？這樣人家才有地方坐。」

「喔，對。」韋爾森連忙稱是，隨即折回辦公室，直教人分不清哪兒是水泥牆哪兒是他；灰白的粉塵掩住他深色的西裝、掩住他淺色的頭髮、掩住他身旁的一切——就只掩不住他老婆。她偎近湯姆。

「我想見妳。」湯姆熾熱地說。「搭下一班火車。」

「好。」

「我在車站下層的報攤等妳。」

她點頭，轉身走了。韋爾森搬了兩張椅子，從辦公室裡走出來。

我們在公路上等，找了個沒人看見的地方站著。再過幾天就是七月四號獨立紀念日，一個灰頭土臉、瘦骨嶙峋的義大利裔孩童，正沿著軌道擺放響燉。

「什麼鳥地方。」湯姆不以為然地和艾科保醫生對看了一眼。

「是啊。」

「到外頭轉一轉對她也好。」

「她丈夫不反對？」

「韋爾森？他以為她上紐約看她妹妹去了。那個傻子，連自己活著都不曉得。」

就這樣，湯姆．勃肯南帶著他的女人和我，三個人一起前往紐約；或許不能說是「一起」，韋爾森太太為避人耳目，坐到另一節車廂去了。這一點湯姆還是肯的，免得東卵的友人撞見了尷尬。

她換了一套棕色的印花棉質洋裝，到了紐約，湯姆扶她下車，只見那裙子緊緊地繃在她寬綽的豐臀上。她在報攤買了一份《八卦紐約》和一本電影雜誌，在車站的藥妝店買了一罐冷霜和小瓶香水。上了樓，來到回音隆隆的陰暗車道，她一連放過四輛計程車，這才攔下一部新車，淡紫的車身，灰色的座墊。我們坐上車，駛出巨大的車站，奔向耀眼的陽光。忽然她不知在窗外看見了什麼，轉頭往前湊，拍拍那片隔開司機和乘客的玻璃。

「我想買那邊的小狗。」她興沖沖地說。「我想買一隻養在公寓裡。養個小傢伙多好玩——養個小狗狗。」

我們倒車到一個銀髮老頭跟前，說也奇怪，他像極了石油大王洛克菲勒，脖子上掛著個籃子，籃子裡蜷縮著一打剛出生的小狗，看不出來是什麼品種。

「你這一窩是什麼狗？」老頭才走到窗邊，韋爾森太太就迫不及待地問。

「啥品種都有。太太在找哪一種？」

「我想買那種警犬。我看你這裡好像沒有？」

老頭疑惑地看了看籃子，伸手拎了一隻出來，小狗扭著身子，頸皮給老頭捏住了。

「這哪裡是警犬？」湯姆說。

「您說的是，這不算警犬。」老頭喪氣道。「我這比較像是萬能㹴犬。」說著撓了撓小狗背上宛如棕色抹布的皮毛。「看這皮毛。這皮毛好哇。看就知道這狗買回去絕不會生病添麻煩。」

「我覺得好可愛喔。」韋爾森太太熱情地說。「多少錢？」

「這隻？」老頭激賞地看著他的狗。「這隻十塊錢。」

於是，萬能㹴犬轉了手，安坐在韋爾森太太膝頭，她著迷地撫摸牠那不怕傷風感冒的皮毛。從這棕色的皮毛來看，牠確實是萬能㹴犬的混種，但那四隻腳掌未免白得出奇。

「牠是男生還是女生？」她溫婉地問。

「您說狗啊？這隻是男生。」

「那是母狗。」湯姆斬釘截鐵地說。「錢拿去，再去買十條狗吧你。」

車子駛上第五大道，夏日的午後溫柔和煦，呈現一派田園風光，就算前方街角拐出一大群白色綿羊，我想我也不會驚訝。

「等等。」我說。「我在這裡下車。」

「那怎麼可以。」湯姆趕緊插話。「你要是不上來公寓坐一坐，梅朵會難過的。對不對，梅朵？」

「來嘛。」她央求。「我打電話叫我妹妹凱薩琳也來。有眼色的人都說她是個美人胚。」

「哎，我也想，只是——」

車子繼續向前駛，掉頭開過中央公園，往上城西一百多街的方向開，開到西一百五十八街，只見一排蛋糕似的白色公寓，車子在其中一塊蛋糕前停了下來。韋爾森太太環顧四周，一副皇后回宮的派頭，一手舀起小狗，一手挽著大包小包，高傲地進了大門。

「我來邀樓下的麥基夫婦。」她一面宣布，電梯一面冉冉上升。「當然還要打電話叫我妹妹過來。」

公寓位在頂樓，小小的客廳，小小的飯廳，小小的臥室，和一間浴室。客廳裡擺了一套織錦家具，上頭織著織錦畫，在這小小的空間裡簡直大得不像話，挨挨擠擠擺到了門口，人一走動就要絆倒，跟凡爾賽宮盪鞦韆的仕女跌成一團。牆上唯一的掛畫是一幅放大的照片，近看儼然是隻棲在寫意岩石上的母雞，遠看時母雞卻變作軟帽，只見一位胖老太太笑咪咪地俯瞰著客廳。客廳的桌上散著過期的《八卦紐約》、暢銷小說《西門／彼得》和幾本百老匯的花邊雜誌。韋爾森太太先是忙著料理那隻小狗。電梯少爺給差去跑腿，不甘不願地找來了箱子，裡頭鋪上麥稈，又備妥了牛奶，還自作主張倒了一罐又大又硬的狗餅乾進去，其中一塊在牛奶裡冷冷地泡了整個下午，泡了個稀爛。湯姆則從上鎖的抽屜裡取出了威士忌。

我這輩子只喝醉過兩次，第二次就是那天下午；當時發生的種種總是籠罩著幽昧和迷濛，明明一直到晚上八點之前公寓裡都晒著明媚的陽光。韋爾森太太坐在湯姆膝頭，忙著打電話四處叫人；一會兒菸抽完了，我走到轉角的藥房去買，回來時人都不見了，我識趣地坐在客廳，讀了一章《西門／彼得》，不知道是書寫得太糟還是威士忌太烈，我翻來翻去，總是讀不懂。

湯姆和梅朵回來了（喝了一杯之後，韋爾森太太和我就開始直呼對方的名字），客人也上門了。

梅朵的妹妹凱薩琳體態窈窕，一副人情練達的模樣，年約三十，紅髮，剪了個厚重的鮑伯頭，臉上的粉敷得跟牛奶一樣白，一雙眉毛修過重畫，畫成時髦的眉型，不巧底下的雜毛長了出來，給人感覺不夠清爽。她走起路來叮叮噹噹，數不清的陶瓷鐲子在手臂上晃動作響。她熟門熟路地進了門，當自己家似的四下環顧，讓我納悶這屋子是不是都是她在住。我問她，她放浪大笑，大聲複誦我的問題，這才說她和女性友人住在旅館裡。

麥基先生蒼白文弱，就住在樓下公寓。他剛刮過鬍子，顴骨上留著白色的皂沫，畢恭畢敬地跟在場所有人打招呼。他跟我說他是「搞藝術的」，後來發現他是攝影師，那幅韋爾森太太的母親正是他的作品，活像懸在牆壁上的幽靈。他太太精神委靡，說起話來尖聲尖氣，外表漂亮時髦，個性卻難以相處。她語帶驕傲地說：從結婚到現在，她丈夫一共替她拍了一百二十七張相片。

韋爾森太太不知何時又換了一套裝束，現正穿著一襲午後小禮服，奶油色的雪紡，繁複精細的作工，隨著女主人在屋裡轉來轉去，裙襬也跟著沙沙作響。她這衣服一換，個性也跟著換了。原本在汽車修理廠那股旺盛的活力，現在轉變成氣勢凌人的驕氣。不管笑也好、說話也好、搔首弄姿也好，未免都做作得過分了，而且一刻鐘比一刻鐘更過火。只見她不停地膨脹再膨脹，客廳不斷地縮小再縮小，縮到只剩她一個人立在支軸上，在這煙霧瀰漫的客廳裡咿呀咿呀地轉。

「親愛的，」她尖著嗓子對著妹妹咬文嚼字道，「小心別被這些人給騙了。這些人滿腦子裡只有錢。上禮拜我叫了一個女人上來幫我看腳，看好了她把帳單給我，我還以為她幫我割了闌尾呢。」

「那女的什麼名字？」麥基太太問。

「艾柏哈太太。專門上人家家裡替人看腳的。」

「我喜歡妳這件洋裝。」麥基太太稱讚道。「好漂亮啊。」

韋爾森太太把眉毛一挑，對這句恭維十分不屑。

「這洋裝早就舊啦。」她說。「懶得打扮才穿的。」

「但這洋裝也要妳穿才好看，我這意思妳懂吧？」麥基太太再接再厲。「要是妳擺個姿勢，讓我們家切斯特拍下來，那一定不得了哇。」

大家安靜下來，目光投向韋爾森太太，她撥了撥眼前那綹頭髮，回眸對我們燦爛一笑；麥基先生歪著頭，盯著她左看右瞧，又舉起一隻手，緩緩地在面前來回比畫。

隔了一會兒，麥基先生說：「應該要打個光，讓模特兒的輪廓更立體，後腦杓的頭髮才拍得清楚。」

「要是我就不打光，」麥基太太提高了嗓子，「我覺得這樣——」

麥基先生「噓」了她一聲，眾人的目光又回到模特兒身上。湯姆．勃肯南大聲打了個呵欠，霍地站了起來。

「麥基先生、麥基太太，喝吧。」他說。「梅朵，再拿些礦泉水和冰塊過來，再不拿來，大家都要睡著了。」

「冰塊，我早就叫那小子去拿啦。」梅朵把眉毛一挑——下人怎麼叫也叫不動，真是無可奈何。「這些人！非得要人盯著不可。」

她看了我一眼，乾笑幾聲，扭腰擺臀去找她那狗兒子，喜眉笑眼地親了又親，再大搖大擺走進廚房，一副裡頭有十來位大廚在恭候的模樣。

「我在長島拍了幾張不錯的。」麥基先生自負地說。

湯姆一臉茫然地看著他。

「其中兩幅還裱了起來，就掛在我們樓下。」

「兩幅什麼？」湯姆質問。

「兩幅攝影作品。一幅取名叫《蒙特角的海鷗》，另一幅叫《蒙特角的海》。」

梅朵的妹妹在我身旁的沙發坐下來。

「你也住長島？」她問。

「我住在西卵。」

「是嗎？我上個月才去西卵參加派對。主人是一位姓蓋茲比的先生。你認識嗎？」

「我是他鄰居。」

「嚇，大家都說他要不是德皇的姪兒，就是德皇的表親，不然他那麼多錢打哪兒來。」

「是嗎？」

她點頭。

「我怕他的呢。不想跟他攪在一塊。」

我正聽得津津有味，卻被麥基太太打斷。她突然用手比著凱薩琳，說：「切斯特，給她拍張好的吧！」她大聲嚷嚷，麥基先生卻不感興趣，只把頭點了點，回頭找湯姆說話。

「我還想到長島多拍幾張，要是能找到門路就好了，我只求有人能幫我起個頭。」

「你問梅朵吧。」湯姆忽然哈哈大笑，韋爾森太太端著托盤從廚房走出來。「她很樂意幫你寫封推薦信。是吧，梅朵？」

「寫什麼？」她吃驚地問。

「幫麥基先生寫封推薦信，引介引介妳先生，請他讓麥基先生拍幾張相片。」他默不作聲地動了動嘴唇，在那裡編派名目：「就叫作『加油機旁的喬治・韋爾森』吧。」

凱薩琳湊到我身旁，往我的耳朵裡送氣：「他們都受夠枕邊人啦。」

「是嗎？」

「忍無可忍啦。」她看了看梅朵，又看了看湯姆。「我說嘛，既然受不了，何苦繼續走下去？換作是我，早就把婚離了，彼此互許終身。」

「她也不愛韋爾森先生？」

答案出乎我意料之外，竟然是從梅朵口中說出來，她碰巧聽見我問的問題，氣急敗壞講了一串難聽的話。

「看吧。」凱薩琳可得意了，聲音也大了起來，一會兒又小了下去：「還不是他太太從中作梗，說什麼信天主教的，不能離婚。」

黛西哪裡信天主教？這謊撒得這樣費心，倒讓我有點吃驚。

「他們遲早要結婚的。」凱薩琳又說。「大不了到西部避避風頭，等風波平息了再回來。」

「要低調的話，去歐洲更好。」

「喔，你喜歡歐洲啊？」她驚呼。「我剛從蒙地卡羅回來。」

「真的。」

「去年才去的，跟我一個女朋友。」

「待了一陣子吧？」

「沒有，我們只去蒙地卡羅就回來了。從馬賽去的。去的時候少說也帶了一千兩百塊，不到兩天就在賭場的包廂給騙得精光，差一點回不來呢，我告訴你。哎呀，恨死那什麼蒙地卡羅了。」

傍晚的天空在窗外盛開，霎時蔚藍如蜜猶如地中海，麥基太太尖著嗓子，將我的思緒召回屋內。

「想當年我也差一點就犯了大錯。」她生氣勃勃地說。「差點沒嫁給一個猶太鬼，他追我追了好多年。我知道他配不上我。大家也一直勸說：『露西，那傢伙差妳差得遠嘍！』幸虧後來碰到了切斯特，才沒讓那猶太鬼得逞！」

「可不是，但妳這還算好的了。」梅朵點頭如搗蒜。「至少妳沒真的嫁。」

「這我曉得。」

「唉，我倒是嫁了。」梅朵語帶曖昧地說。「妳跟我不一樣就在這裡了。」

「幹嘛嫁呢？」凱薩琳咄咄問道。「誰逼妳來著。」

梅朵想了想。

「我嫁他是因為我以為他家世不錯，」她終於鬆口，「以為他懂一點教養，誰曉得他連幫我舔鞋都不配。」

「瞧妳那時候瘋他瘋的。」凱薩琳說。

「我瘋他？」梅朵嚷起來，一派鬼才相信的口吻。「誰說我瘋他了？說我瘋他，還不如說我瘋那小子呢。」

她突然朝我一指，大家都轉過來，用譴責的目光看著我。我板著一張臉，表示我從沒指望她愛我。

「我這輩子就只瘋過一次，就是我嫁給他那一次。才完婚，我就知道壞事了。他婚禮上那套西裝，居然是跟別人借的，而且也沒告訴我，某天人家來討，他剛好不在，我跟那人說：『這西裝是你的？我今天才知道。』但照樣還了回去。那人一走，我立刻倒在床上大哭，哭了一整個下午。」

「她真該跟他離婚才是。」凱薩琳又來了。「他們倆住在那爿修車廠樓上，都住了十一年了。湯姆還是她第一個男人呢。」

那瓶威士忌（這是第二瓶了）在大家手中傳來傳去，只有凱薩琳滴酒不沾（「我這樣就很好了」）。湯姆按鈴叫門房，差他去買一家有名的三明治，買回來正好當晚餐。我想出門走一走，想穿過溫柔的暮光，往東邊到公園散步，但只要我一起身，眾人七嘴八舌的嚷嚷，便如繩索似的將我綁回椅子上。我忍不住揣想：底下的路人從蒼茫的街上走過，望見我們這排高懸在城市之上的暈黃燈火，定會以為裡面藏著什麼不為人知的祕密；而我也是路人之一，正抬頭仰望，好奇著窗裡的祕密。我既在窗裡，又在窗外，對於人世間無窮的變化，又是厭惡，又是著迷。

梅朵拉了一把椅子，坐到我身旁，忽然，一股溫熱的氣息襲來，吐出她和湯姆的邂逅。

「是在兩張面對面的座位上，位置很窄，每次搭火車都沒人要坐。我要上紐約去看我妹妹，順便住一個晚上。他穿著正式西裝、漆皮皮鞋，我忍不住拿眼睛瞟他，但只要他一看我這邊，我立刻抬起眼皮，假裝在看他頭頂上的廣告。到站時，他走在我旁邊，白色襯衫正面貼著我的胳膊，我說我要報警了，但他沒當真。瞧我那時興奮的，迷迷糊糊就跟著他上了計程車，根本沒發現自己搭的不是地鐵，我在心裡反反覆覆地告訴自己：『人生只有一次，人生只有一次。』」

她轉頭看麥基太太，一陣假笑響徹客廳。

「唉唷，」她嚷道，「我這套衣服穿完就送妳吧，明天不再去買一套不行了。我得把要做的事情寫一寫。要按摩，要燙頭髮，要幫小狗買項圈，要買個小巧可愛的菸灰缸，有彈簧可以按的那一種，然後再買個花圈，繫上黑色絲帶，擺在媽媽的墳上，擺上一個夏天。我得列張單子，省得忘東忘西的。」

九點鐘。隔了一會兒再看錶——十點了。麥基先生在椅子上睡著了，擱在膝上的手握著拳頭，看上去倒像幅莽夫的相片。我拿出手帕，擦掉他面頰上乾掉的皂沫，就是那點皂沫，讓我心煩了整個下午。

小狗坐在桌子上東張西望，四周煙霧瀰漫，什麼也看不見，只偶爾哼哼唧唧幾聲。人影去去來來，約了一道走，臨走又找不著，於是你找我，我找你，豈不就近在咫尺處？午夜時分前後，湯姆．勃肯南和韋爾森太太面對面爭執起來，兩人口氣都很激動，吵的是韋爾森太太能不能直呼黛西的名字。

「黛西！黛西！黛西！黛西！」韋爾森太太扯著嗓子。「我想叫就叫，隨我高興！黛西！黛——」

只見一個俐落的身手，湯姆．勃肯南一巴掌打斷她的鼻梁。

血跡斑斑的毛巾散落在浴室地板上，女人責罵的聲音滿天漫飛，一陣混亂之中，隱約可聽見一陣斷斷續續的痛苦哀號。麥基先生小睡醒來，沒頭沒腦地往大門走，走到一半突然轉身，回頭看這一幕鬧劇：麥基太太和凱薩琳忙著拿這拿那，在擁擠的家具之間跌跌撞撞，一邊罵那一位，一邊安慰這一位，可憐她躺在沙發上，血流如注，滿臉絕望，正攤開《八卦紐約》，要墊在凡爾賽宮女的織錦圖上。麥基先生轉身往外走。我把掛在吊燈上的帽子拿下來，跟上前去。

「改天一起吃頓午飯。」他提議，電梯咿呀下降。

「吃什麼？」

「什麼都好。」

「別碰電梯控制桿。」電梯少爺沒好氣地說。

「抱歉。」麥基先生保持尊嚴。「我沒注意。」

「好。」我答應他。「樂意之至。」

……轉眼間我站在他的床邊，他拉著被子，坐在床上，身上穿著內衣褲，手裡捧著一本大大的作品集。

「《美女與野獸》……《寂寞》……《拖車老馬》……《布魯克林大橋》……」

再一轉眼，我半睡半醒，躺在賓州車站冰冷的地下月台，呆呆盯著《紐約論壇報》，等待四點鐘那班火車。

Chapter 03
第三章

那年夏天的夜晚，隔壁樂聲不斷。一座座藍色的花園裡，紅男綠女如飛蛾一般，在耳語、香檳和星光之間穿梭。下午漲潮的時候，賓客或是游到浮台旁邊，爬上瞭望塔跳水嬉戲，或是待在他的私人海灘，躺在滾燙的沙子上晒日光浴，他那兩艘遊艇劃開長島海灣的海面，後頭拖著滑水板，衝破一朵又一朵的浪花。一到週末，他那輛勞斯萊斯就成了公共巴士，從早上九點到三更半夜，城裡城外迎送賓客，而他那部旅行車則像黃色甲蟲，輕快地趕去和火車碰頭。到了禮拜一，八名傭人（包括一位外頭請來的園丁）整日忙得不可開交，又是抹布又是刷子又是鎚子又是樹剪，急忙修補前晚遭人蹂躪的痕跡。

每到禮拜五，紐約的水果行照例送來五箱柳橙和檸檬；每到禮拜一，同樣的柳橙和檸檬又從後門送出去，果肉沒了，只剩一堆中空的果皮。他家廚房有一台機器，半個小時可以榨出兩百顆柳橙的汁，從頭到尾只要按一顆小按鈕，連續按兩百次，全靠管家的大拇指。

每兩個禮拜至少會有一天，紐約知名餐廳的外燴人員帶來長數百公尺的帆布帳篷和五顏六色的燈泡，把蓋茲比家偌大的花園妝點成五彩繽紛的聖誕樹。供賓客自行取餐的長桌上，擺飾著一碟碟晶亮的開胃小菜，生菜沙拉七彩絢麗，宛如小丑身上的戲服，香料烤火腿挃擠在一旁，還有那焦黃欲滴的豬肉卷和火雞肉卷。大廳裡搭起了酒吧，架上了跨腳的銅桿，吧台上擺放著琴酒、烈酒和一排遭時間遺忘的香甜酒，大半的女客年紀還太輕，根本分不出其中的差異。

七點鐘，管弦樂隊來了，不是單薄的五重奏，而是占滿整個樂隊池的浩大管弦樂團：長號、雙簧管、薩克斯風、古大提琴、短號、短笛、低音鼓、高音鼓，一應俱全。流連海灘的賓客回來了，正在樓上梳妝打扮；從紐約開下來的轎車並排停在車道，足足停了五排。大廳、陽台、會客室已是華燈初上，五光十色中，男男女女頂著最時髦的髮型點頭交談，女客肩頭的披巾富麗華美，就是西班牙卡斯提亞古王國的仕女做夢也夢不著。酒吧正是熱鬧，一盤盤雞尾酒端到外邊的花園，在賓客之間交織穿梭，空氣因為談笑晏晏又活了起來，酸人的話也好、自我介紹也好，一律左耳進右耳出，小姐太太七嘴八舌，始終互不相識。

地表踉踉蹌蹌遠離太陽，宴會的燈火愈顯通明，管弦樂隊演奏著澄黃的雞尾酒音樂，歌劇似的人聲笑語又飆高了一些。時間一分一秒過去，歡笑愈來愈容易，笑聲慷慨地四處流洩，只消一句打趣的話，便灑了滿地的笑聲。人堆聚散無常，新客剛來，舊客又去，此分彼合，僅在一呼一吸；年輕的花蝴蝶離群闖蕩，穿梭在聚集的人堆之間，這裡輕點，那裡暫佇，化為歡欣的片刻，成為晚宴的高潮，然後得意洋洋地飛走，飛向不同的面孔、不同的聲音、不同的色調，飛進千變萬化的燈光中。

在這群四處流浪的吉普賽女郎之間，有位禮服色澤宛若貓眼石的，憑空攫住一杯雞尾酒，脖子一挺，乾杯壯膽，接著扭動雙手，宛如爵士舞王喬·費斯可，在舞池中央獨舞起來。霎時間，眾人皆屏息。樂團指揮配合她的節拍、替她伴奏。底下一時人聲鼎沸，謠言四處流竄，說她是當紅舞星姬爾妲·葛蕾的替身，齊格飛富麗秀的班底。派對正式開始。

當晚是我第一次到蓋茲比家作客，在場真正受邀而來的客人屈指可數，我正是其中之一。來此作客通常不用請柬——逕自上門便是。只消坐上車，車子開到長島，便會莫名其妙開到蓋茲比家門口，再由某個認識蓋茲比的客人幫忙引介，入場後按遊樂場的規矩行事即可。有些客人來來去去，連蓋茲比的面也沒見著，純粹帶著赤子之心而來，就能縱情狂歡一整晚。

我是有請柬的。禮拜六一早，一位司機穿過我家草坪，身上的制服是知更鳥蛋的翠藍色，手上拿著他家主人的請柬，措詞之客氣，令我大感詫異：今晚寒舍聊備菲酌，若得閣下賞光，將使蓬蓽生輝。信上還說他見過我好幾次，早就想親自來拜訪，無奈俗務纏身，盼今晚有緣得見，署名「傑．蓋茲比」，字跡蒼勁，頗具威嚴。

我身著白色法蘭絨套裝，七點一過，便穿過他家草坪，在一圈又一圈的陌生人之間，尷尬地轉來轉去，偶爾瞥見幾個搭火車通勤時見過的熟面孔，沒想到有這麼多英國青年點綴在賓客之間，他們西裝筆挺，神情飢餓，聲音低沉真摯，正與美國富豪談笑風生，我敢說一定是在推銷產品，或許是股票，或許是保險，或許是汽車；起碼這些英國青年心裡有所痛悟：發財的機會近在咫尺，只要言語投機，三言兩語便能滿載而歸。

到場不久，我想找主人打聲招呼，遂向兩、三位賓客打探他的行蹤，沒想到卻換來詫異的目光，好氣又好笑地說他們哪知道。我只好默默走向雞尾酒吧——整座花園裡，唯有這裡容得下落單的男客，在這裡獨處，才不會顯出無所事事的窘態。

我一杯接著一杯，打算喝個酩酊大醉，省得清醒尷尬，卻見嬌丹．貝克從屋裡走出來，站在大理石台階頂端，身子略往後仰，帶著鄙夷的興味俯瞰整座花園。

她歡迎我也好、不歡迎我也罷，反正我只想找個人巴著，再落單下去，就得找路人寒暄了。

「哈囉！」我邊喊邊走向她，聲音穿過花園，響得簡直尷尬。

我拾級而上，她漫不經心應道：「就知道會碰到你。記得你說你的鄰居就是——」

她不帶感情地握了一下我的手，表示等等再說，先讓她跟台階底下那對同穿黃色洋裝的女子說說話。

「哈囉！」黃衣女子異口同聲。「妳沒贏，可惜了。」

她們說的是高爾夫球賽。上禮拜決賽她輸了。

「妳不認得我們吧。」其中一位黃色女子說。「我們一個多月前在這裡見過妳。」

「妳們染頭髮啦。」嬌丹開口說話，嚇了我一跳，可是底下兩位已經雙雙走遠，她這話等於是說給天上的明月聽了，天還沒暗呢，想來這輪滿月和滿桌的佳餚一樣，都是外燴人員從籃子裡變出來的。我挽著嬌丹金色的纖纖手臂，一同步下台階，在花園裡信步閒逛。暮色中飄來了一盤雞尾酒，我們找了一張桌子坐下來，與兩位黃色女子和三位男士同桌，聽三位的介紹，聽起來似乎同姓，都叫「嘟噥先生」。

「妳常來參加派對嗎？」嬌丹問身旁的女子。

「上次來就是遇到妳那一次。」聲音聽起來很機警而且極富自信。她轉頭過去看一看同伴：「妳也是吧，露西？」

露西也是。

「我愛來的呢。」露西說。「我這個人很隨興，到哪兒去都開心。上次來的時候，禮服被椅子勾破了，他問了我的姓名地址，不出一個禮拜，我就收到高耶名服寄來的包裹，裡面是一套簇新的晚禮服。」

「妳收下了？」嬌丹問。

「那還用說。本來打算今天晚上穿的，但是胸圍的地方大了幾吋，不改不行。是件冰藍色的禮服，上面鑲著薰衣草色的珠子。要價兩百六十五元。」

「出手這麼大方，總覺得不太對勁啊。」露西的女性友人急忙說。「還真是誰都不想得罪。」

「妳說誰？」我問。

「蓋茲比啊。聽人家說——」

兩名女子和嬌丹把頭湊在一塊，好像在講悄悄話。

「聽說——大家都覺得他殺過人。」

在座的聽了全都背脊發涼。三位「嘟噥先生」也急著把身子往前湊。「我想應該不致於那麼離譜。」露西不信，提出自己的看法。「我看只是打仗的時候當過德國間諜罷了。」

其中一位先生點頭稱是。

「我是聽他的熟人說的。這人和他從小在德國一塊長大，他的事他再清楚不過。」他口口聲聲向我們保證。

「不對。」最先起頭的女子說。「這說不通啊，那時打仗的時候，他明明是替美軍服役的。」她看到我們轉而相信她，熱切地將上半身往前傾，說：「不信你下次趁他不備的時候瞧瞧他。我賭他一定殺過人。」

她瞇細眼睛，打了個寒顫。露西也打了個寒顫。大家轉過頭去尋找蓋茲比的身影。這年頭大家講話口無遮攔，唯獨談到蓋茲比還得交頭接耳，可見他引發的浪漫臆想絕非空穴來風。

第一頓晚宴（臨到午夜還有一頓）出菜了，嬌丹邀我和她的朋友同桌，他們散坐在花園另一頭，一共是三對夫妻外加嬌丹的護花使者——一位不屈不撓的大學生，說話老愛拐著彎罵人，看他那副模樣，顯然認為嬌丹遲早會以身相許。這桌的談話絕少東拉西扯，人人態度拘謹、口徑一致，彷彿以展現世襲貴族的莊嚴為己任，一副東卵世家屈尊就駕西卵的神氣，小心翼翼地提防著，以免感染此地多采多姿的歡愉。

「我們走吧。」嬌丹輕聲說，我們已經莫名其妙在這桌耗了半個小時。「這裡太拘謹了。」

我們站起身，她解釋說要帶我去找蓋茲比。來作客卻沒見到主人的面，這讓我有點介意——她是這麼說的。護花使者怏怏不樂地點點頭，大有挖苦的味道。

我們先到酒吧看一看，人滿為患，獨不見蓋茲比。嬌丹站在台階頂端眺望，還是沒找著，陽台上也不見他的身影。我們找了一扇頗為氣派的門碰碰運氣，推進去一看，原來是間挑高的哥德式書房，四壁貼著雕花的英國櫟木，整間書房彷彿是從歐洲某間古堡原封不動搬過來的。

一位矮胖的中年男子，戴著活像貓頭鷹眼睛的眼鏡，醉醺醺地坐在一張大桌子邊上，兩眼時而認真時而渙散地盯著書架上的書。我們一進去，他便興奮地轉過來，把嬌丹全身上下掃過一遍。

「你意下如何？」他衝口就問。

「什麼如何？」

他伸手朝書架一揚。

「這些書如何？好啦好啦，甭查了。我都查好了。全是真的。」

「你說書？」

他點頭。

「貨真價實的書！書頁呀什麼的，通通都有！本來還以為是用厚紙板糊的書殼子。誰知道打開竟有書頁哩，而且……哎呀！你們自己看唄！」

他把我們的懷疑當作意料中的事，急忙到書櫃上取了一本《約翰．斯塔德講世界歷史（一）》回來。

「喏！」他得意地嚷道。「如假包換的印刷書！這下真的騙倒我了！這傢伙，布景做得這樣逼真，根本是百老匯製作人貝拉斯科嘛！真是敗給他了！做得這樣天衣無縫！做得這樣幾可亂真！而且還知道適可而止——沒把書頁裁開！不過你們來幹啥的？來找東西？」

他把書從我手裡抽走，急急忙忙擺回書架上，嘴裡喃喃念著「一塊磚頭都不能少，少了書房就要塌了」。

「誰帶你們來的？」他逼問。「你們不請自來啊？我是別人帶來的。這裡通常要別人帶才會來。」

嬌丹機伶地看著他，臉上堆笑，沒有接腔。

「我是給一位羅斯福太太帶來的。」他接下去說。「克勞德．羅斯福的太太。聽過嗎？我忘了昨晚在哪裡見到她了，只記得我已經醉了一個禮拜，想到書房裡坐一坐，醒醒酒也好。」

「結果醒了嗎？」

「醒了一點吧，我想。這我可不敢講。我還坐不到一個小時咧。我跟你們說過這些書了沒有？這些全是真的書！貨真價——」

「您說過了。」

我們嚴肅地跟他握了握手，退回門外。

花園的舞池熱鬧起來了，老男人帶著妙齡少女放浪地轉圈，一圈又一圈，一圈又一圈，一邊轉一邊後退；高傲的愛侶穿著入時，窩在角落交纏擁抱；好些單身少女或是獨舞，或是跟樂隊要了班卓琴和鼓棒來玩。到了午夜，大家興致更高。著名的男高音獻唱了幾支義大利曲目，聲名狼藉的女低音表演了幾首爵士歌曲，在曲子和曲子之間，花園裡隨處可見賓客表演「特技」，空虛的爆笑聲此起彼落，直達夏夜的雲霄。一對假雙胞胎粉墨登場，原來是那兩位同穿黃色洋裝的女子，這回換上了戲服，扮成嬰兒作戲。香檳盛裝在比洗手盆還大的杯子裡，一杯接著一杯從屋子裡端出來。月亮升得更高了，在長島海灣上灑下清暉，宛如三角形的銀色天秤，隨著草坪上班卓琴清越的琴音，微微地顫動著。

我依然黏在嬌丹．貝克身邊。我們這桌坐著一位跟我年紀相仿的男子，和一名舉止放浪的少女，稍一逗弄，她便不加節制地哈哈大笑。現在我也玩開了。兩缸香檳下肚後，眼前的景色突然意味悠遠、含意深奧起來。

趁著表演中間的空檔，男子含笑看著我。

「你好面熟。」他彬彬有禮地說。「你在陸軍第三師嗎，之前打仗的時候？」

「咦，是耶。我是第九機槍營。」

「我是步兵第七團，一直待到一九一八年六月，都是第七團。我就知道我在哪裡見過你。」

我們聊到當年在法國那陰雨灰灰的村莊。想必他就住在這附近，因為他說他剛買了一架水上飛機，打算明天一早去試飛。

「一起去嗎，兄弟？就沿著海灣轉一轉？」

「什麼時候？」

「看你方便。」

我正想請問他貴姓大名，嬌丹正好轉過頭來對我嫣然一笑。

「這下開心了？」她問。

「開心多了。」我轉頭去找我新交上的朋友。「這場晚宴對我來說很不尋常。我甚至連主人的面都沒見到。我就住在那裡……」我手一揮，比向一排看不見的矮樹籬。「這位姓蓋茲比的先生派了司機過去，送了一封請柬給我。」

霎時，他一臉茫然地望著我。

「蓋茲比正是在下。」他突然迸出這麼一句。

「什麼！」我驚呼。「原諒我有眼不識泰山。」

「我還以為你知道呢，兄弟。恐怕是我這個主人做得不夠周到。」

他善解人意地笑了笑——不，不只是善解人意。他笑得那樣難得，笑得讓人那樣安心；這樣的笑，你一生頂多只看過四、五次；他的笑，上一秒彷彿還對著全世界，下一秒就專門只為你，笑意裡藏不住對你的偏愛。那是了解你的笑（但只到你想被了解的程度），是相信你的笑（但只到你願意相信自己的程度），他用那笑容向你保證：他對你的印象正是你最希望別人得到的印象。就在這時，他收起了笑容。在我眼前的，只不過是個年輕雅痞，大約三十一、二歲，說起話來咬文嚼字，幾乎引人發噱。在他揭露身分之前，我就查覺到他遣詞用字異常謹慎。

幾乎就在蓋茲比先生曝露身分的同時，管家匆匆忙忙趕過來，說芝加哥那邊來了通電話。他向所有人微微頷首，以示抱歉。

「兄弟，有需要儘管開口。」他殷殷諄告。「我先告退，等等必回來奉陪。」

他一走，我立刻轉向嬙丹，忍不住想向她表示我有多驚訝。我本來以為蓋茲比是個紅光滿面、身材福態的中年人，沒想到竟是這樣。

「他是誰？」我急忙問。「妳知道嗎？」

「不就是蓋茲比先生嗎？」

「我是指他的出身？在哪裡高就？」

「這下倒換你提起這個話題啦。」她淡淡一笑。「嗯——他跟我說他是念牛津的。」

他的過去開始在我腦海中模模糊糊地成形，待她再度開口，這個輪廓卻又褪去了。

「但我不信。」

「為什麼？」

「不為什麼。」她堅持己見。「我就是覺得他不像牛津的。」

她的口吻讓我想起稍早黃衣女子的話：「我想他一定殺過人」，我的好奇心又更深了一層。說他是暴發戶，發跡自路易西安那州的沼澤，或是紐約東城區的貧民窟，我都可以全盤接受。這是可以理解的。但要說一個人年紀輕輕，毫無來歷，就在長島海灣買下這樣一座宮殿，這在我這種鄉下來的井底之蛙眼裡，無疑是天方夜譚。

「反正他總是大開宴會。」嬌丹換了個話題，都市人聊天不喜歡聊太細。「這正合我意。人多才私密，人少簡直毫無隱私。」

大鼓咚隆咚隆響，樂隊指揮的聲音突然壓過花園裡咿咿呀呀的鸚鵡學舌。

「各位先生，各位女士。」他扯開喉嚨大喊。「應蓋茲比先生之請，我們將為您演奏維拉帝姆．杜斯托夫的新作，今年五月，這首曲目在卡內基音樂廳演奏時備受矚目。有看報紙的都曉得，真的是洶湧澎湃。」他臉上浮現鄙夷的微笑，說：「洶湧澎湃啊！」聽得大家都笑了。

「這首曲子就叫做——」他聲音洪亮地收尾道：「《維拉帝姆．杜斯托夫的爵士世界音樂史》！」

杜斯托夫這支曲子究竟如何，我沒聽清楚，因為音樂一下，我的目光就落到蓋茲比身上，他一個人站在大理石台階頂端，用讚許的眼神看著一簇一簇的賓客，臉上的皮膚黝黑緊緻，十分好看，俐落的短髮像是每天給理髮師修過一般。我看不出他有什麼陰險狡詐的地方，還納悶是不是因為他滴酒不沾，站在賓客之間顯得特別醒目，大家愈放浪形骸，愈是顯得他正經八百。待《維拉帝姆．杜斯托夫的爵士世界音樂史》演奏完畢，少女們有的像小狗一樣，興高采烈地依偎在男士身上，有幾個愛玩的就假裝發暈，順勢倒在男士的懷裡，還有幾個索性往人堆裡倒，反正總會有人接著——但是沒有人倒在蓋茲比懷裡，也沒有法式短髮倚著他的肩頭，更沒有人牽起他的手加入四人合唱。

「打擾一下。」

蓋茲比的管家突然站在我們身邊。

「貝克小姐嗎？」他問。「打擾了，蓋茲比先生找您私下談話。」

「找我？」她驚呼。

「是的，小姐。」

她緩緩站起來，詫異地對我揚了揚眉，尾隨管家進入屋內。我發現她穿晚禮服（或任何洋裝）就像穿運動服一樣，舉手投足輕快活潑，彷彿在天高氣爽的早晨初次踏上高爾夫球場。

時間接近午夜兩點，我落單了。含糊的人聲陸續從露台上那間長形的環窗大廳傳出來，讓人忍不住想一探究竟。我避開嬌丹的護花使者（他正在陪兩位舞女聊女人家的話題，不停用眼神央求我去陪他），逕自進入室內。

環窗的大廳賓客雲集。兩位黃衣女子之一正在彈琴，旁邊站著的紅髮少婦身材高䠷，是某知名歌舞班的班底，正在那裡展喉高歌；看樣子她喝了不少香檳，唱一唱忽然（不智地）感傷起來，一邊唱一邊抹眼淚，每次換氣總要先抽抽噎噎一陣，這才跟上歌詞，用她那顫抖的女高音接著唱下去。淚水滑落她的臉頰，卻不是兩行清淚；沾上了她那刷了好幾層睫毛膏的睫毛，淚水便染成了墨水，淌流成漆黑的小河。有人打趣道：她唱的歌，五線譜全畫在臉上。她聽了把手往上一甩，一屁股陷在椅子裡，沉入酒國的夢鄉。

「她跟人吵架了，據說是她先生。」我身旁的女客幫忙解釋。

我環顧四下。這時還沒走的女客多半都和聲稱是先生的人在拌嘴。就連嬌丹的友人（從東卵來的那四位）也因意見不合起了內鬨。其中一位男士興味盎然地和一位年輕女演員攀談，一旁的太座本來想冷漠以對、一笑置之，以顧全面子為重，但後來實在氣不過，便從側面發動攻勢，不時驀然往丈夫身邊一站，宛如一顆憤怒的鑽石，往丈夫耳裡嘶嘶吐信：「你答應過我什麼，可別忘了！」

流連忘返的不限於不檢點的丈夫，此時走廊上就站著兩位可憐巴巴的清醒男子，和他們怒氣沖天的太座。兩位太太略略吊著嗓子，在那邊同病相憐。

「我們家那個，每次看我玩得高興，就說要回家。」

「天底下怎麼有人這麼自私！」

「我們每次都是第一個走的。」

「我們還不是一樣。」

「我們今晚差不多是最後走的了。」其中一位丈夫唯唯諾諾道。「連樂隊都走了半個小時了。」

兩位太太儘管有志一同，認為丈夫過分到不可理喻，但是這場爭執只再掙扎了一下便草草收尾。兩位太太給抱了起來，兩條腿踢呀踢地，踢進了夜色裡。

我在走廊上等管家替我拿帽子，這時，書房的門開了，嬌丹·貝克和蓋茲比雙雙走了出來。他還有幾句話要叮囑她，舉止甚是熱切，但賓客一上前向他道別，他又立刻拘謹起來。

嬌丹的友人在門廊等得不耐煩，連聲催她，她又逗留了一陣，跟我拉手道別。

「我剛才聽了世界上最不可思議的故事。」她低聲說。「我跟他在裡面待了多久？」

「嗯……差不多一個小時。」

「這真是……不可思議。」她心不在焉重複之前的話。「我才發誓不會說出去，現在就在這邊吊你胃口。」她當著我的面優雅地打了個呵欠。「有空來找我吧……就查電話簿……雪歌妮·霍華女士……我姑媽……」她急急忙忙邊說邊走，舉起古銅色的手瀟灑揮別，融進門口那群友人當中。

第一次作客就待到那麼晚，實在有點不好意思。我加入剩下的賓客，跟他們一起簇擁著蓋茲比。我想解釋我一到就想跟他打聲招呼，在花園裡沒能認出來真是不好意思。

「區區小事。」他急忙勸慰。「不用放在心上，兄弟。」他這話說得親切，但就像他輕輕搭在我肩頭、寬慰我的手，其中並無任何親切的意味。「別忘了，明天一早試飛水上飛機，九點見。」

管家又出現在他身後。

「費城那邊在電話線上等您。」

「好，馬上。告訴他們我這就來……晚安。」

「晚安。」

「晚安。」他嘴角上揚——剎那間，待到最後才走，似乎是頗有面子的一件事，值得歡天喜地一番，彷彿是主人好意慰留你到這麼晚。「晚安，兄弟……晚安。」

我步下台階，發現今晚還不算結束。距離門口十五公尺處，十幾盞車燈照亮一齣荒唐的鬧劇。路旁的水溝裡，歪倒著一台嶄新的雙門跑車，右側車身朝上，兩分鐘前才從蓋茲比家的車道開出來，兩分鐘後就撞飛了一隻輪胎，原來圍牆凸出了一角，釀成了這場鬧劇，惹來五、六位司機好奇下車圍觀，可是車子霸占了道路，受堵的後方來車喧鬧成一片，讓原本混亂的場面更加混亂。

穿著風衣的男士從撞壞的車子裡爬出來，站在馬路中央，看看車子，看看輪胎，又看看圍觀者，一臉好笑，滿面困惑。

「看！」他解說道。「開到溝裡去了。」

他對眼前的景象嘖嘖稱奇，我心想這驚奇的口吻怎麼如此耳熟，定睛一看，豈不是稍早在蓋茲比書房裡碰到的那位貓頭鷹眼鏡先生。

「怎麼搞的？」

他聳聳肩。

「我對機械一竅不通。」他斬釘截鐵地說。

「但怎麼搞成這樣？你開車去撞牆啊？」

「別問我。」貓頭鷹眼鏡急忙撇清。「車子的事我也不太懂……大約也是一竅不通……我只知道撞車了，其他一概不知。」

「嘖，你要是不大會開車，晚上開車就該更要小心啊。」

「但我用不著小心啊。」他氣憤地解釋。「我幹嘛要小心。」

圍觀者震驚得說不出話。

「你找死啊？」

「算你運氣好，只飛掉了一隻輪子！車開不好就算了，還那麼不小心！」

「你們搞錯了。」罪人辯解道。「開車的不是我。車裡另有其人。」

說完眾人更加詫異，這時，跑車的車門緩緩打開，群眾（是的，現在已經是群眾了）不禁「啊——」了一聲，不自覺往後倒退幾步；等到車門完全敞開，鬼氣森森地停了半晌，然後按部就班，先是腳、再是腳踝、再是小腿……最後是個面無血色的人，搖搖晃晃地從撞壞的車子裡跨出來，用那隻穿著牛津鞋的大腳，猶疑不決地在地上踮了踮。

這傢伙三分像人七分像鬼。刺眼的車燈照得他睜不開眼，不斷哀號的喇叭聲鬧得他頭昏腦脹，只見他搖搖晃晃在原地杵了一會兒，這才認出穿著風衣的男人是誰。

「怎——麼？」他鎮定地問。「沒——油啦？」

「你自己看！」

五六隻手指不約而同指向撞飛的輪胎——他看了看，又望了望天上，彷彿疑心輪胎是從天上掉下來的。

「你的輪胎飛了。」有人向他說明。

他點點頭。

「本……本……本——來還沒發現車……車……車——停了。」

一陣短暫的沉默。接著，他深吸一口氣，挺起胸膛，打定主意似的說：「誰……訴我哪……加油站？」。

一時間，少說也有五六個（比他清醒的）人七嘴八舌地解釋：輪胎和車身已經分家了。

他頓了一下，說：「倒車！打倒車檔！」

「但是輪胎已經飛啦！」

他猶豫了一下。

「倒倒看嘛，死不了人的！」他說。

後方的汽車喇叭有如貓叫春一般愈叫愈帶勁，我轉過身，穿過草坪，往回家的路上走，中途回頭望了一眼。月亮如薄餅，照著蓋茲比的宅邸，夜色靜好，花園燈火通明依舊，人聲笑語卻不得聞，而月色尚長。剎那間，空虛瀉地，從窗口、門口滿溢，顯得屋主分外孤零；他站在陽台上，一手舉高，禮數周到地與賓客揮別。

走筆至此，我重溫我的文字，覺得字裡行間給人一種印象，彷彿這相隔數週的三個夜晚占據了我所有的思緒。事實上，這三個夜晚只是那擁擠夏天裡隨興的點綴，直到後來的後來才稍稍引起我的興致；當時我一門心思，全放在我的私事上。

多半的時間我都在工作。一大清早，朝陽將我的影子丟向西邊，我在紐約下城的街上快步行走，穿過高樓和高樓之間的白色峽谷，到聯誠信託上班。我和公司職員及年輕的股票經紀人混得很熟，中午大家一起到人擠人的昏暗飯館用餐，吃點小香腸、馬鈴薯泥配咖啡。我還跟會計部的女同事有過一段辦公室戀情，她住在澤西市，但她哥哥看我不順眼，七月她去度假，我便任憑戀情轉淡。

傍晚我通常到耶魯校友會館用餐，不知為什麼，這經常是我一天當中最鬱鬱寡歡的時刻；吃飽飯之後，我上樓到圖書室鑽研投資和股票，認真苦讀一個小時。會館裡儘管也有些吵鬧份子，但是他們從來不涉足圖書室，所以仍不失為認真做事的好地方。念完書之後，如果夜色醉人，我便順著麥迪森大道往下走，經過歷史悠久的默里山大酒店，轉進三十三街，散步到賓州車站。

我開始愛上紐約。我愛她的不眠，愛她夜裡的冒險，愛她交錯的人影車影滿足我躁動不安的眼。我喜歡在第五大道上散步，在人群中找尋多情浪漫的她，幻想幾分鐘後我將闖入她的人生，無人知曉，無人反對。有時，我會在心裡送她回家，在那隱密街道的轉角，她轉身，對我回眸一笑，隱入門內，消失在溫暖的黑暗裡。有時，迷人的都市黃昏使寂寞找上我，有時，我覺得大家都寂寞，年輕的職員在櫥窗前消磨時間，消磨得差不多了，便去吃頓寂寞的晚飯——可憐啊，黃昏裡的年輕職員，就這樣，虛擲了夜晚及人生中最令人鼻酸的一刻。

晚上八點鐘，四十幾街的暗巷裡盡是躍動的計程車，往劇院的方向開駛。我心頭又是一沉。車潮走走停停，車窗裡人影依偎、歌喉輕轉；陣陣笑聲傳出，只不知是聽見了什麼笑話；香菸點燃了，氤成一團團模糊的光圈。我幻想自己感染他們的雀躍，同他們共赴歡樂，不禁在心裡為他們默默祝禱。

有好一陣子，我都沒見到嬌丹．貝克。仲夏再度與她聚首，起初覺得風光，能陪著她到處跑，畢竟她可是家喻戶曉的高爾夫球好手。後來才發現，我對她的感情不僅於此。這非關戀愛，僅止於溫柔的好奇，好奇她那不可一世的神情背後，究竟藏著些什麼。惺惺作態多半有所隱瞞，儘管隱瞞並非其初衷。有一天，我終於知道了。當時我們一起在華威鎮作客，她借了一輛車，下車時，車篷忘了關，就停在外邊，天上正好下雨；後來她打死不認帳，我這才記起在黛西家作客那天怎麼也想不起來的故事：她首次出賽就鬧事，鬧到差點登報，原因是複賽時有人指控她移球，她卻撒謊不承認，引起軒然大波，好一陣子才平息下去——桿弟改了口供，另一位目擊者說自己大概眼花看錯。但這段插曲和她的名字，卻永遠留在我心中。

嬌丹．貝克直覺地閃避精明的男人，現在我知道，這是因為她認為待在沒人作怪的地方比較安全。簡直是不老實到無可救藥。她不甘屈於劣勢，依她這種個性，我料想她早就機關算盡，否則怎能以不可一世的冷笑面對世間？滿足她剛毅矯健的軀殼發出的需求？

不過無所謂。女人不老實這種事向來無須苛責——我有些遺憾，隨之遺忘。在華威鎮作客那天，我們因為開車的事有過一段耐人尋味的對話。事情是這樣的：當時她開車和路旁的工人擦身而過，距離之近，汽車的擋泥板拂過了工人外套上的扣子。

「妳開車技術真爛。」我抗議。「妳要不就小心點，要不就不要開車。」

「我很小心啊。」

「妳哪有。」

「我不小心，別人會小心。」她一派輕鬆地說。

「別人小心干妳什麼事？」

「別人小心就會閃避我。」她振振有詞。「總要雙方都不小心，才能釀成意外啊！」

「要是對方也跟妳一樣不小心呢？」

「不會有這種事。」她回答。「我討厭粗心大意的人。這就是為什麼我喜歡你。」

她那雙瞇得細細的灰眼睛直視前方，她這句話分明是想改變我們之間的關係。有那麼一瞬間，我以為自己愛上了她。可是我腦筋轉得不夠快，加上自我設限太多，熱情很快就熄了火；此外，我很清楚，我得先擺脫家鄉那段糾葛。每個禮拜我都會寫信回去，信末署上「愛妳的，尼克」，但是我對她的印象，只剩每次打網球時，她嘴脣上沁出的涔涔汗珠，宛如兩撇小鬍子。但我們之間畢竟互相有點意思，這段曖昧非得先巧妙戳破，我才得以自由。

每個人或多或少都自認具備一項美德，我的美德就是誠實。在我認識的人當中，像我這樣誠實的幾乎沒有。

Chapter 04
第四章

禮拜天早上，沿海小鎮的教堂鐘聲飄揚，名流顯貴偕同情婦回到蓋茲比的宅邸，在草坪上笑得一閃一閃。

「他是販賣私酒的。」小姐、太太在名花和雞尾酒之間轉來轉去，嚼舌根說道。「有一次，他殺了一個人，那人打探出他是德國政客興登堡的姪兒、魔鬼的遠親。親愛的，幫我摘一朵玫瑰，再用那邊那隻水晶杯給我倒最後一杯酒。」

我曾在火車時刻表空白處寫下那年夏天造訪蓋茲比宅邸的賓客名單。時刻表已經舊了，摺痕幾乎裂開，上頭寫著「一九二二年七月五日有效」，但是那些灰色的人名倒還依稀可辨，與其聽我籠統的描述，不如直接讓你們看看這張名單，上面清楚記載著當年蓋宅的座上賓，他們對他的身世從不過問，藉此迂迴地酬謝他殷勤的款待。

東卵來的有貝克夫婦，李蛭夫婦，還有個姓彭森的，是我在耶魯大學的同窗，另外還有韋伯．麝貓醫生，去年夏天在緬因州溺死了。接著是大雕夫婦，伏爾泰夫婦，黑金家整家都來了，他們老是坐在角落，一有外人接近，就像山羊一樣把鼻子抬得老高。底下是尹士美夫婦，柯世帝夫婦（正確來說是賀博．奧爾巴先生和柯世帝夫人），另外還有愛德．殷矛，據說他那棉絮般的白髮是某年夏天午後莫名其妙添上的。

印度菊苣也是東卵人（如果我沒記錯）。他只來過一次，穿著白色及膝燈籠褲，在花園裡跟一個姓艾迪的飯桶打了一架。從長島更遠處來的還有薛多夫婦，傅百代夫婦，喬治亞州的石牆・傑克森・亞伯拉罕夫婦，何港夫婦，臭酸夫婦。臭酸先生入獄前三天還到蓋府參加派對，喝得酩酊大醉，倒在碎石舖的車道上，右手慘遭尤里西斯・汗淋漓太太開車輾過。春虫虫夫婦也是常客，此外還有S・B・財媛，年逾六十，荒野・A・牛群，竹本瓜夫婦，香菸進口商百路加，以及百路加的女人。

西卵來的有玻爾夫婦，茂雷帝夫婦，西席爾・獐鹿，西席爾・項恩，參議員顧立克，「卓越影視」大股東牛頓・奧奇，艾克豪斯，克萊德・柯恩，唐・史華茲（老史華茲的兒子），亞瑟・麥卡帝，全都和電影界有關連。此外還有凱利普斯夫婦，班柏斯夫婦，G・歐爾・莫頓（太太後來遭親哥哥勒死）。大老闆達・方塔諾也是座上賓，艾德・樂古斯，梁梁桑・君子（綽號「假酒」），德瓊夫婦，立德・白合，這幾個是來賭博的，只要看到梁桑・君子在花園裡散步，就表示他輸得精光，隔天「聯合汽車」的股價鐵定又要上沖下洗，讓他狠狠撈回本。

柯立普斯平克是常客中的常客，大家都叫他「房客」，我懷疑他真的無家可歸。戲劇界人士則有葛維茲、何納凡、賴梅耶、喬浮萍、法蘭牡。同樣從紐約來的還有克羅姆夫婦，白海森夫婦，丹尼柯夫婦，羅百帝，柯利根夫婦，齊樂賀夫婦，德瓦茲夫婦，史谷利夫婦，Ｓ．Ｗ．嗝兒，西西嘯夫婦，年輕的昆恩夫婦（目前已離婚），亨利．Ｌ．蒲葵鐸（後來在時代廣場跳軌自殺）。

班尼．麥克亨每次來都左擁右抱，一次帶四個女人，而且每次帶的都不一樣，可是都長得很像，看起來好像都來過。她們的名字我記不得了，好像叫賈桂琳吧我想，或是叫康雪拉、葛洛莉亞、茱蒂、茱恩之類的，至於她們的姓，要不就是唸起來很悅耳、和花朵或是英文的月分同名，要不就是唸起來很正經、跟幾位美國大資本家同姓，只消稍微逼問，她們便坦承自己跟某某大人物是遠親。

除此之外，我記得富絲蒂娜．歐柏萊恩至少也來過一次，此外還有貝德克家的小姐，品玖嘉的年輕公子（打仗時給炸掉了鼻子），艾玻克柏格先生和未婚妻牡葉釵小姐，蕊妲．費彼得，Ｐ．朱威德先生（曾任美國退伍軍人協會會長），波薜小姐偕男伴同來（據傳是她的司機），還有一位不知道是哪個國家的王子，大家都叫他「公爵」，他的名字就算聽過，我也想不起來了。

那年夏天，這些人都是蓋茲比的座上賓。

七月底，某天早上九點鐘，蓋茲比那輛豪華名車顛簸過崎嶇不平的車道，在我家門口停了下來，按了幾下喇叭，他那三音階的汽車喇叭迸出一陣音樂聲響。這是他第一次登門拜訪，反觀我，已經去他家參加過兩次派對，試乘過他的水上飛機，並且，在他殷勤的邀約下，多次造訪他的私人海灘。

「早啊，兄弟。我們今天約了一起午餐嘛，我想乾脆載你一程。」

他一手支著汽車儀板表，一刻也閒不下來，展現十足的美式作風——或許是因為年少時從未做過粗活，甚或是源自美式運動陶冶出的優雅不羈；他儘管行止講究，卻也藏不住這份特質，不時露出浮躁的馬腳。他是一刻也靜不下來的，不是腳在地上踏呀點的，就是手掌不耐煩地開呀闔的。

他發現我用欽羨的目光打量他的車子。

「正點吧，兄弟？」他跳下車，好讓我看個清楚。「你之前沒看過我這輛車嗎？」

當然看過。誰沒看過。烤漆是濃郁的奶油色，鍍鎳的地方閃亮耀眼，車身長得出奇，有幾處得意的鼓起，可以放帽子、擺晚飯、貯藏工具，擋風玻璃層層疊疊宛如迷宮，映照出十幾個太陽的光輝，我們在這片光輝後面坐下來，綠色的皮椅讓人彷彿置身溫室，他發動引擎，往城裡開去。

過去一個月，我和他交談過大約五、六次，發現他實在沒什麼可聊，讓我相當失望。我對他的初步印象（深藏不露的大人物）已逐漸褪去，慢慢覺得他只不過是隔壁那家豪華酒店的老闆而已。

這趟車程打破了我對他的看法。西卵還沒到，蓋茲比漂亮的句子就開始沒頭沒尾，優柔寡斷的手擱著焦糖色西裝褲的膝頭。

「我說兄弟，你看我這個人怎麼樣？」

我沒料到他會問得那麼突然，讓我有些招架不住，便只給了個籠統含糊的答案，應付他突然其來的問題。

「嗯，我想跟你談談我的身世。」他打斷我思緒。「我怕你聽了那些流言，對我有些誤解。」

原來宴會上那些荒誕不經的指控、讓賓客們言語有味的佐料，他並非毫不知情。

「我就跟你實話實說吧。」他突然舉起右手，一副說謊願受天打雷劈的模樣。「我家是中西部的有錢人家，父母都過世了。我在美國長大，但在牛津念大學。我家世世代代都念牛津。算是家族傳統吧。」

他用眼角餘光瞥了我一眼——我知道嬌丹．貝克為什麼說他騙人了。他那句「但在牛津念大學」說得匆促，字字含在嘴裡，說一字、噎一字，彷彿說不出口似的。這層疑心讓他那套說詞不攻自破，我不禁懷疑他或許真有陰險狡猾的一面。

「中西部哪裡？」我漫不經心地問。

「舊金山。」

「喔，舊金山啊。」

「我的家人都過世了，留給我一大筆遺產。」

他語氣嚴肅，彷彿家人過世的回憶仍然揪著他的心。剛才我還懷疑他說謊不打草稿，舊金山根本不在中西部，但是看他這副表情，我告訴自己我想錯了。

「我就像個印度王子，遊遍歐洲首府——巴黎、羅馬、威尼斯，四處蒐集寶石——尤其是紅寶石；或者打打獵、畫畫圖，想做什麼就做什麼，努力不去想起傷心的過去。」

我在一旁使勁憋笑，他這套說詞襤褸如衣衫，聽得人味同嚼蠟，只見一個纏著頭巾的「大人物」，在巴黎西邊的布洛涅森林追著老虎跑，七竅掉著木屑，原來是個木偶。

「後來，歐戰爆發。這真是一大解脫。我一心求死，偏偏冥冥之中受到上帝庇佑。參戰時，我受命為陸軍中尉。在阿貢森林一役，我率領機槍營殘餘部眾衝到前線，左右全無掩護，步兵落在八百公尺外，趕不過來。我們苦撐了兩天兩夜，一百三十人，十六把劉易士輕機槍，最後步兵趕到，只見滿地屍首，從中找到三種佩章，分屬德軍三個師。我升為少校，協約國頒授勳章給我，其中包括蒙特內哥羅——小小的蒙特內哥羅，亞得里亞海的蒙特內哥羅。」

蒙特內哥羅！他提高了音量，邊說邊點頭——臉上掛著笑，笑中對蒙特內哥羅的內亂了然於胸，認同蒙特內哥羅人民英勇的奮鬥，在這樣的局勢中，蒙特內哥羅仍熱心地頒授勳章給他，讓他不勝感激。聽到這裡，我從懷疑轉為陶醉，彷彿一次翻閱十本雜誌那樣暈眩。

他將手伸進口袋，忽然間，我的手掌心多了一塊繫著緞帶的金屬。

「蒙特內哥羅的勳章。」

我好訝異，這動章幾可亂真，周圍刻著一行字：「丹尼洛勳章，蒙特內哥羅國王尼古拉斯。」

「翻個面看看。」

「傑・蓋茲比少校。」我念出來。「英勇無雙。」

「這裡還有一樣我隨身帶著的東西，當年念牛津大學的紀念照，在三一學院拍的——左手邊那位現在是唐卡斯特公爵。」

相片上共有六位青年，身穿運動外套，在拱廊底下閒站，背景可見高聳入天的尖塔群。我認出蓋茲比，看起來比現在年輕（沒多少），手裡拿著板球的球拍。

所以他說的都是真的！我想像他住在威尼斯大運河旁的華邸，牆上供著他獵來的虎皮；我看見他打開一箱紅寶石，那紅豔豔的珠光寶氣，療慰了那顆千瘡百孔的心。

「其實我今天有一件大事要拜託你。」他說著，一面心滿意足地將勳章和照片收進口袋。「所以才先把身世說給你聽，免得你以為我只是無名小卒。你知道我身旁熟人不多，我總是東飄西蕩，藉以遺忘過去的悲傷。」他猶豫了一下。「這件事你下午就會曉得了。」

「吃午飯的時候嗎？」

「不是，要等到吃完午飯以後。我恰巧知道你約了貝克小姐喝下午茶。」

「你對貝克小姐有意思？」

「不是的，兄弟。貝克小姐好心答應我，會把事情的來龍去脈說給你聽。」

他說的「事情」是什麼事情，我毫無頭緒，只覺得興致缺缺，甚至有點氣惱。我約嬌丹・貝克喝下午茶，可不是為了討論他「傑・蓋茲比」啊。我敢說他要拜託我的一定是異想天開的事，這下我可後悔了。他家的草坪本來就人滿為患，我當初何苦去湊熱鬧呢。

他不肯再多說一個字。離城愈近，他的態度愈發拘謹。我們經過羅斯福港，瞥見漆著紅色條紋的船隻準備出海；我們駛過鋪著鵝卵石的貧民區，兩旁林立的小酒館，不因禁酒令頒行而人去樓空，但是鍍金的一九〇〇年代已在黑暗中默默褪色。再往前，灰燼谷的漫天沙塵在我們兩邊展開，車子駛過時，我瞥見韋爾森太太在加油機旁引頸翹望，風騷地喘著氣。

車子在皇后區的阿斯托里亞奔馳，兩側擋泥板如翅膀一般張開，一邊展翅翱翔一邊散播光芒，散播到一半——耳邊突然傳來熟悉的摩托車聲，我們正在高架橋底下的橋墩之間蛇行，一名員警發狂似的與我們並駕齊驅。

「行行行，兄弟。」蓋茲比一邊喊，一邊放慢車速，從皮夾裡抽出一張白色卡片，在員警眼前晃了幾下。

「是是是。」員警連聲稱是，抬了抬帽子。「下次知道了，蓋茲比先生。原諒我有眼無珠！」

「那張是什麼？」我問。「牛津那張照片？」

「有次我幫了警長一個忙，後來每年都收到他捎來的聖誕卡。」

我們開上皇后大橋，陽光從橋梁之間灑下來，照得底下川流不息的車潮閃閃發光，紐約從東河對岸冉冉升起，一座座白色的大廈，一幢幢方糖似的矮樓，高高低低，錯落有致，是用無嗅錢財堆垛的心願。從皇后大橋上看見的紐約，總像初次見面那樣，慷慨允諾你全世界的美麗和神奇。

擺滿鮮花的靈車從我們旁邊駛過，後頭緊接的兩輛轎車車簾緊閉，最後壓陣的親友車，氣氛沒那麼肅穆；送殯的親友從車窗裡探出頭來，憂傷的眼神，短短的上唇，典型的東南歐人面孔，我不禁暗暗替他們高興，在這樣灰暗的日子，能看到蓋茲比這輛豪華的轎車。我們從橋上駛過布萊克韋島[2]，一輛加長禮車從我們身邊駛過，白人司機，黑人乘客，兩男一女，打扮入時，朝我們翻了翻白眼，那黃色的眼白，大有跟我們較量的神氣，我忍不住噗哧一聲笑出來。

「過了這座橋，任何事都有可能。」我心想。「紐約無奇不有……」

連蓋茲比這種人物都有，還有什麼好大驚小怪。

滾熱的中午。我和蓋茲比約在四十二街一間風扇涼快的地窖餐廳吃午飯。我眨眨眼，眨掉亮晃晃的街景，在陰暗的前廳認出蓋茲比的剪影，正在和另一位先生聊天。

「卡拉威先生，見過我的朋友——沃爾夫西恩先生。」

一位頭大身體小、鼻子扁塌的猶太人抬起頭，用鼻毛茂盛的鼻孔瞪著我。過了一會兒，我才在昏暗中找到他那兩隻小眼睛。

---

2 布萊克韋島（Blackwell's Island）是東河中央的島嶼，位於紐約市曼哈頓區和皇后區之間，一九二一年改名福利島（Welfare Island），一九七三年為紀念富蘭克林．羅斯福總統，再次改名為羅斯福島。

「——我看了他一眼。」沃爾夫西恩先生說著，懇切地和我握了握手。「你猜我怎樣？」

「怎樣？」我禮貌地接話。

但是他顯然不是在跟我說話；他鬆開我的手，用表情豐富的鼻子對著蓋茲比。

「我把錢給凱茲保，說：『好吧，凱茲保，一毛錢都不要給，等他住嘴再說。』他當場住嘴。」

蓋茲比一手勾著我、一手搭著他，三個人一同步入餐廳，沃爾夫西恩先生把到了嘴邊的話吞下去，夢遊似的移動腳步。

「威士忌調酒？」領班問。

「這餐廳不錯。」沃爾夫西恩先生說著，看了看天花板上長老教會的仙女。「但我更喜歡對街那一家。」

「好，就威士忌調酒。」蓋茲比附和領班，接著對沃爾夫西恩先生說：「那邊太熱了。」

「又熱又擠。」沃爾夫西恩先生說。「但是充滿了回憶。」

「哪家餐廳？」

「老城都。」

「老城都。」沃爾夫西恩先生悶悶不樂地陷入回憶。「當年聚會的朋友都走了。當年聚會的朋友都不會再回來了。只要我還活著，就不會忘記羅西・羅森索遇害的那一晚。當時我們六個人一桌，羅西大吃大喝了一整夜。天快亮時，侍者帶著古怪的表情走過來，說外邊有人找他說話。『來吧，』羅西說著便起身，我連忙把他拉回椅子上。」

「狗娘養的，想找你不會自己進來啊！羅西，你聽我說，就當是幫幫我，不要踏出這家餐廳一步。」

「當時是清晨四點，要是揭開窗簾，說不定還能看見外頭的天光。」

「結果他去了？」我天真地問。

「當然去了。」沃爾夫西恩氣憤地翕動鼻孔。「他走到門口，回過頭說：『可別讓他們把我的咖啡收走了！』說著便走上人行道，對方朝他鼓鼓的肚皮開了三槍，開車走了。」

「那四個人後來坐了電椅。」我回想起來了。

「五個，還要加上貝克。」他那兩粒鼻孔興味盎然地瞅著我。「聽說你在找做生意的窗狗？」

他前言不搭後語，我聽了一時語塞，蓋茲比替我解圍道：

「喔，沒的事。」他提高了嗓子，「想找事的不是他。」

「不是他？」沃爾夫西恩的失望全寫在臉上。

「他只是我一位朋友。你那件事我說了我們回頭再說。」

「抱歉。」沃爾夫西恩先生說。「我搞錯人了。」

柔滑細緻的洋芋泥端了出來，沃爾夫西恩先生忘了老城都的感傷，刀叉齊下，是暴發戶的優雅吃相。他一邊吃，兩隻眼睛骨碌碌地環視餐廳，甚至掉頭去看正後方那桌客人。要是我不在場，他鐵定連桌子底下也一併檢查。

「我說，兄弟。」蓋茲比湊到我身邊說。「早上在車上恐怕得罪你了。」

他又露出他的招牌微笑，這回我可不領情。

「我不喜歡裝神祕。」我回他。「我不懂你為什麼不能坦白一點？直接告訴我你要什麼。何必透過貝克小姐呢？」

「喔，絕對不是違法的事。」他向我保證。「貝克小姐是了不起的運動家，絕對不會做違法的事。」

突然他看了看錶，跳起來，匆忙離席，留下我和沃爾夫西恩先生獨坐。

「他要打電話。」沃爾夫西恩先生看著蓋茲比的背影說。「真是一表人才，你說是不是？英俊瀟灑，風度翩翩。」

「確實。」

「還是念牛欽的。」

「喔！」

「他在英國念牛欽大學。聽過牛欽大學嗎？」

「聽過。」

「牛欽可是數一數二的大學啊。」

「你認識蓋茲比很久了？」我問。

「好幾年啦。」他得意地說。「我有幸在戰後交上他這個朋友。才跟他聊不到一個小時，我就知道不得了哇，這人出身特好啊，我在心裡告訴自己：『這種朋友，可以帶回家見見母親和妹妹啦。』」他頓了一下。「我發現你在看我的袖扣。」

我本來沒在看的，這下想不看都不行了。他那副袖扣是用一塊塊象牙拼成的，怪的是那象牙看起來好眼熟。

「這是上選的成人臼齒。」他告訴我。

「唔！」我仔細端詳了一陣。「真是何處想來。」

「沒錯。」他抖了抖手腕，讓西裝外套底下的袖子多露出來一截。「沒錯。蓋茲比從不對女人亂來的，像是朋友的妻子，他連看都不看一眼。」

等到他打從心裡信任的蓋茲比回到座位上，沃爾夫西恩先生把脖子一挺，喝乾咖啡，站起身來。

「這頓飯吃得真開心。」他說。「我想我就不打擾你們兩位年輕人了，再待下去就太不識趣了。」

「再坐一會兒嘛，梅耶。」蓋茲比說，語氣不帶任何感情。沃爾夫西恩先生舉起手，彷彿在祈求上帝賜福。

「你客氣了，我已經是老一輩的人。」他嚴肅地說。「你們就再坐一會兒吧，聊你們的體育，聊你們的馬子，聊你們的——」他講不下去，只把手一揮。「我呢，我已經五十歲了，就不打擾兩位啦。」

他跟我們握手，轉過身，我看到他的鼻翼微微顫抖。我納悶自己是不是說錯話開罪他了。

「他偶爾會忽然多愁善感起來。」蓋茲比解釋道。「例如今天就是。他在紐約也算是個有頭有臉的大人物，還是百老滙的常客。」

「他是做什麼的究竟？演員嗎？」

「不是。」

「牙醫？」

「梅耶·沃爾夫西恩？不是。他是賭徒。」蓋茲比猶豫了一下，接著冷冷地補了一句：「一九一九年大聯盟世界大賽爆發假球案，幕後主使者就是他。」

「他是假球案的幕後主使者？」我複述他的話。

這嚇得我幾乎倒退三步。我當然記得一九一九年美國職棒總冠軍賽那樁假球案。但我總覺得假球案不過就是假球案，爆發就爆發，這種事情在所難免；我從沒想過，這麼大的案子竟然會是一人所為，竟然會有人用竊賊撬開保險箱的執著，來玩弄五千萬球迷的信念。

「他是怎麼辦到的？」我隔了一分鐘才問。

「看到機會就放手一搏嘍。」

「他怎麼沒被抓去坐牢？」

「他們抓不到他的，兄弟。他是個聰明人。」

我堅持買單。侍者找錢回來時，我的視線正好穿過擁擠的人群，看到湯姆．勃肯南坐在餐廳的另一端。

「跟我來一下。」我說。「我要跟朋友打聲招呼。」

湯姆一看到我們，立刻跳起來，上前五、六步。

「你跑到哪裡去了？」他連忙質問我。「連通電話也沒有，黛西氣都氣死了。」

「湯姆．勃肯南，這位是蓋茲比先生。」

他們簡短地握了握手，蓋茲比的臉好僵，還出現了罕見的尷尬表情。

「近來如何？」湯姆繼續拷問我。「怎麼會大老遠跑來這裡吃飯？」

「我跟蓋茲比先生約在這裡吃午餐。」

我轉向蓋茲比，他已經不見人影。

「一九一七年十月某一天——」（這天下午，我和嬌丹．貝克坐在廣場飯店的茶苑，她靠著直挺挺的椅背，坐得直挺挺地，說出了這段故事。）

我在路上閒晃，一下走在紅磚道上，一下走在草坪上。我比較喜歡走在草坪上，因為我穿的是英國進口的鞋子，橡膠釘底，可以咬住鬆軟的泥土；我身上那條格子裙也是新的，風一吹，裙襬微揚，家家戶戶門前的紅白藍三色旗在風中豎得筆直，「嘖嘖嘖」地，好像在責備我。

其中旗子最大、草坪最大的，就是黛西．費爾的家，她剛滿十八，比我大兩歲，全路易斯維爾的年輕女孩中，就屬她最多人追。她總是一身白，開著白色敞篷車，家裡的電話鈴響從未斷過，泰勒軍營的年輕軍官一天到晚打來，興奮地央求獨占她一晚。「好吧，就一個小時！」

那天早上，我從她家門口經過，那輛白色敞篷車就停在路邊，一位我從未見過的陸軍中尉跟她坐在車上，兩個人聊到忘我，直到我距離五步之遙，她才發現我的存在。

「哈囉，嬌丹。」她出其不意地跟我打了聲招呼。「麻煩妳過來一下。」

我覺得真有面子，她想跟我說話呢，在那一幫比我大上一兩歲的姊姊裡，我最崇拜的就是她。她問我今天去不去紅十字會做繃帶？我說會。她說這樣的話，能不能幫她帶個話，說她今天不能去了？我和黛西說話的時候，那位軍官的視線從來沒有離開過她，眼神之深情，相信只要是女孩子都希望這輩子能被瞧上這麼一次；當時情景之浪漫動人，現在回想起來依然歷歷在目。那位軍官名叫傑．蓋茲比，此後整整四年，我都沒見過他，後來再度在長島相見，我根本認不出來。

當時是一九一七年。一年後，我有了我的追求者，也打起了高爾夫，跟黛西碰面的次數自然少了。她往來的朋友年齡都比較大——如果她還出門跟朋友碰面的話。當時她身邊流言不斷，聽說某個冬夜，她母親發現她在打包行李，說是要上紐約去，跟一位將要遠征海外的軍人話別。最後當然沒去成，但她也因此賭氣了好幾個禮拜，說什麼也不肯跟家裡的人講話。此後她再也不跟軍人來往，只和城裡幾個扁平足、近視眼廝混，這些人都是當不了兵的。

第二年秋天，她又高高興興起來，變得跟以前一樣無憂無慮。停戰後，她家裡替她辦了一場舞會，也是吾家有女初長成的意思；隔年二月，便有風聲說她和紐奧良的人家訂了婚；到了六月，她遠嫁芝加哥，跟湯姆．勃肯南結婚，婚禮排場之盛大，真教全鎮開了眼界。男方請了一百位客人，包了四節車廂南下，還租了一整層的摩爾巴大酒店。婚禮前一天，他送了她一串珍珠，要價三十五萬。

我是她的伴娘。婚禮前夕有一場晚宴，我在開席前半個小時來到她的房間，發現她穿著碎花禮服躺在床上，跟六月的夜色一樣美，跟猴子一樣醉，一手拿著貴腐甜白酒，一手抓著一封信。

「恭——喜我。」她口齒不清地說。「這——我第一次喝酒，喔，真好喝。」

「怎麼啦，黛西？」

我嚇壞了我告訴你；我從沒見過哪個女孩子像她這樣的。

「喏，親愛的。」說著她拘起床上的字紙簍，從裡面掏出一條珍珠項鍊。「拿下去，是誰送的就還給誰。告訴大家黛西改變心意了。說『黛西改變心意了』！」

她淚水潰堤，一發不可收拾。我衝出去，看見她母親的女傭，趕緊請進來，把門鎖了，放了一缸冷水，讓她泡一泡。她不肯鬆開手中的信，還把信帶進浴盆裡，在手中捏成一團，直到溼淋淋的紙團如同雪花一般，一片一片散開來，這才讓我把碎紙片收到肥皂盤裡。

她一個字都不肯多說。我們讓她聞氨水提神，又用冰塊在她額頭上冰敷，最後再哄著她把碎花禮服穿回去。半個小時後，我們走出房間，珍珠項鍊又重新戴在她的脖子上，整場風波方告平息。隔天下午五點，她跟湯姆．勃肯南完婚，半點不見猶豫；婚禮結束後，兩人隨即出發到南太平洋島嶼，展開為期三個月的蜜月旅行。

他們度完蜜月回來，和我在聖塔芭芭拉碰過一次。我從沒見過哪個妻子像黛西這樣，愛丈夫愛得那麼痴狂；只要湯姆一離開視線，不出一分鐘，黛西就會不安地東張西望，頻頻問「湯姆去哪了」，失神落魄的，非得看到湯姆進門才放心。他們常常一起待在沙灘上，一待就是好幾個鐘頭，他枕著她的膝，她按摩他的眼，瞧著他，眼裡是無法量計的喜悅。多感人的畫面，教人看得出神，嘴角不禁上揚。這是八月的事。後來我離開聖塔巴巴拉，一個禮拜後，湯姆在文圖拉的公路發生車禍；當時是晚上，他撞上一輛貨車，把對方的前輪撞飛了一隻；跟湯姆同行的女人也上了報，她撞斷了胳臂——正是聖塔芭芭拉旅館的打掃女傭。

隔年四月，黛西生了個女兒，一家三口搬去法國住了一年。我在春天的坎城碰到他們，後來又在多維爾遇見，最後他們回芝加哥定居。你也知道黛西在芝加哥人緣很好。他們都和一幫紈褲子弟往來，一個個年輕、有錢、放蕩，但是她始終出淤泥而不染。也許是因為她不喝酒吧。如果你跟一群酒友往來，自己卻滴酒不沾，那可真是好處占盡。一來你可以管住自己的嘴，二來你可以挑大家醉茫茫，看不見、管不著之時，小小放縱一下。雖然大家都說黛西不曾偷人，但是她的聲音總讓人覺得……

總之，六個禮拜前，她聽到蓋茲比這個好幾年沒聽到的名字。就是我問你的那一次，記得嗎？我問你認不認識住在西卵的蓋茲比。你回家之後，她跑來我房裡，搖醒我，問：「什麼蓋茲比？」我向她描述了一番（當時半睡半醒，不曉得自己說了什麼），她聽了之後聲音驟變，說這一位一定就是她以前認識的那一位。就在這一刻，我才將蓋茲比和當年那位與她同車的軍官聯想起來。

等到嬌丹．貝克把故事說完，我們已經離開廣場飯店半個鐘頭，此刻正乘著敞篷馬車穿過中央公園；太陽西斜，落在西城五十幾街那排電影明星住的高樓大廈後面，孩童清亮的聲音響徹炎炎黃昏，像草地上的蟋蟀一樣齊聚高唱：

我是阿拉伯酋長，
你是我的美嬌娘，
我要趁你好夢正長，
爬進你的紅綃帳。

「世上竟然有那麼巧的事。」我說。

「一點也不巧。」

「怎麼說？」

「蓋茲比之所以買下那幢房子，正是因為黛西住在海灣對面。」

這麼說來，六月那個夜裡，除了滿天星斗，原來他還別有所求。頓時間，他蹦出虛無飄渺的繁華，在我心中活了過來。

「他想問你，」嬌丹繼續說，「能不能找個下午，約黛西去你家喝茶，他順道彎過去看看？」

他的請求竟然這般渺小，令我大感詫異。他已經等了五年，買了一棟闊綽的宅邸，夜復一夜地將星光分享給飛蛾，為的就是哪天下午能夠「順道彎過來」，在陌生人家的院子裡見上一面。

「這只不過是個小小的請求，有必要讓我知道那麼多嗎？」

「他害怕啊，他實在等了太久了。他擔心會得罪你。你別看他那樣，骨子裡倔強的呢。」

我有一股不祥的感覺。

「他為什麼不請妳安排他們見面？」

「他想讓她看看他的房子。」她解釋道。「而你就住在他隔壁。」

「喔！」

「我猜他原本抱著期待，夜夜大開宴會，盼著她哪天會誤打誤撞跑來，」嬌丹繼續說下去。「但是她始終沒來。於是，他開始隨口打聽有沒有人認識她，第一個問到的正好就是我，就是他請我去書房談話那一次。可惜你沒聽到他是如何大費周章，兜了好幾圈才切入正題。我聽完立刻提議，約黛西一起在紐約吃中飯，誰知他的反應竟然這般動氣：

『成何體統！成何體統！』他反覆說著同一句話。『我只想在鄰居家見上她一面。』

「我說你和湯姆交情匪淺，他就開始想要打退堂鼓了。他不太清楚湯姆的底細，儘管他訂了一份芝加哥報，天天看，看了好幾年，只盼哪天能在報紙上瞥見她的芳名。」

天色暗了下來。我們下坡，馬車從一座小橋底下走過，我環住嬌丹金色的肩膀，將她攬入懷中，邀她共進晚餐。忽然間，我不再去想黛西的事，也不再去想蓋茲比的事；我的心裡只有這個剛毅、皎潔、狹隘的女子，她對世上萬事萬物都懷疑，她輕輕地，依偎在我懷裡。忽然間，有句話在我耳中興奮地鼓動：「世上的人就只有被追求的、追求人的、忙碌的和疲憊的。」

「黛西這一輩子，總該擁有些什麼吧。」嬌丹在我耳邊呢喃。

「她想見蓋茲比嗎？」

「這件事她毫不知情。蓋茲比不要她知道。你就邀她喝杯下午茶，其他的不要多說。」

我們經過一排漆黑的樹，五十九街的華廈赫然矗立在眼前，一方一方的光線蒼白且柔弱，照亮了底下的公園。我不像蓋茲比，也不像湯姆．勃肯南，我的愛人的臉，不會在漆黑的飛簷和刺眼的招牌之間忽隱忽現；我只管把身旁的她摟得更緊一點。她那兩瓣蒼白戲謔的嘴唇笑了。我把她摟得更緊更緊，摟到了我的面前。

Chapter 05
第五章

那天晚上回到西卵，有那麼一瞬間，我以為房子失火了。深夜兩點鐘，長島地角燈火熊熊，照得樹籬如虛似幻，一絲一絲的光芒在路旁的鐵網一閃一閃。轉個彎，原來蓋宅燈火正輝煌，從塔樓到地窖，上上下下一片通亮。

起先我以為今晚他又大開派對，賓主盡歡，索性將整個屋子翻過來，玩起了「捉迷藏」和「擠沙丁魚」[3]。但實在太安靜了，只聽得見風吹過樹葉，拂得鐵網上的光絲一明一滅，彷彿蓋宅正在對著黑夜眨眼。計程車哼哼唧唧地駛遠，蓋茲比從草坪的彼端朝我走來。

「你家好亮，好像在開世界博覽會。」我說。

「是嗎？」他漫不經心地回頭望了一眼。「我只想瞧瞧幾間房間。跟我上康尼島逛逛吧，兄弟。我開車。」

「現在很晚了。」

---

3 擠沙丁魚（sardines-in-the-box）的玩法和捉迷藏正好相反，當鬼的人要躲起來讓大家找，找到的人要和鬼躲在一起，直到最後一個人找到鬼的藏身處為止。

「這樣啊。那跟我到游泳池泡泡水如何？我今年夏天還沒下水。」

「我要睡了。」

「好吧。」

他看著我，壓抑住胸口的激動，等我開口。

「我跟貝克小姐談過了。」我隔了一會兒說。「明天就打電話，邀黛西過來喝茶。」

「喔，這樣啊。」他事不關己地說。「希望不會給你添麻煩。」

「你哪天方便？」

「你哪天方便？」他即刻糾正我。「我說了，希望不要給你添麻煩才好。」

「後天可以嗎？」

他考慮了一下，擺出不大情願的表情，「我想把草皮修一修。」他說。

我們同時低頭看向草皮——一條鮮明的界線橫亙在我們兩家之間，我家這邊雜草叢生，他家那裡綠草如茵、修剪得宜。我懷疑他要修剪的，其實是我家的草皮。

「另外還有一件小事。」他語帶猶疑，欲言又止。

「你想再延個幾天嗎？」我問。

「喔，跟這件事沒什麼關係，只是……」接著他一連起了好幾個頭，彷彿不知從何說起。「我想說——好，這樣吧，兄弟，我說你收入不高吧？」

「是不高。」

他聽了似乎定了心，再開口時顯得自信多了。

「我也這麼想，請恕我直言——你知道我兼做一點小生意，可以說是副業。我在想，如果你收入不多——你在做股票生意對吧，兄弟？」

「還在學習。」

「我想這筆生意對你來說挺有意思的。既不會花你太多時間，又可以發點小財，而且還挺隱密的。」

原來是這麼一回事。換作別的時空，這段對話可能會成為我人生的轉捩點；但是他的動機太明顯，話又說得太直白，分明是因為要請我幫忙，所以分我一點好處。我別無選擇，只好當場打斷他。

「我現在手頭上事情一堆。」我說。「真的很感謝你，但是我實在無暇接新的工作。」

「這件事用不著跟沃爾夫西恩打交道。」他顯然想起午餐時提到的「窗狗」，以為我是因此才打退堂鼓，不過我向他保證絕對沒這回事。他又逗留了一會兒，希望我另起話題，但是我心事滿腹，提不起勁和他攀談，他只好悻悻然回家去。

我度過了一個飄飄欲仙的快樂夜晚，一進門，便墜入無底的夢境。蓋茲比後來究竟有沒有去康尼島，我不曉得；他所謂「瞧瞧幾間房間」到底是瞧了幾間，家裡又燈火通明到半夜幾點，我一概不知。隔天一早，我從公司打了通電話給黛西，邀她來我家喝茶。

「不要帶湯姆來。」我叮嚀她。

「什麼？」

「不要帶湯姆來。」

「『湯姆』是誰？」她天真地問。

我們約好的那天下了傾盆大雨。早上十一點，有人來敲門，他穿著雨衣，拉著一台刈草機，說蓋茲比先生差他過來修草皮。這倒提醒了我——我忘了請我那芬蘭女傭過來幫忙，這下只好開車深入西卵鎮，在溼淋淋的巷弄裡穿梭，沿著一排漆得粉白的房子，挨家挨戶地找她，回頭順道買些杯子、檸檬和鮮花。

花根本沒必要買；下午兩點鐘，蓋茲比家送來了一座溫室，連同大大小小數不清的容器。一個小時後，前門緊張兮兮地打開了——蓋茲比穿著白色法蘭絨西裝，銀色襯衫，金色領帶，匆匆忙忙走進來。他臉色蒼白，眼睛下方掛著兩圈失眠的夜。

「都還可以吧？」他一開口就問。

「草皮看上去很不錯，你問的是這個吧。」

「什麼草皮？」他茫然地說。「喔，院子裡的草皮。」他往窗外望了望，但是看他的表情，八成什麼也沒看見。

「非常好。」他沒頭沒腦地稱讚了一句。「看報紙上說，這雨會下到四點左右。記得是《紐約新聞日報》說的。萬事都備妥了？我是說——喝下午茶的事？」

我帶他到食品儲藏室，他略帶責備地看了芬蘭女傭一眼，接著跟我一起檢查食品店買來的那一打檸檬蛋糕。

「還可以吧？」我問。

「當然，當然！很好，很好！」接著又莫名地喚了一聲：「兄弟……」

三點半，雨勢漸收，漫成一片溼漉漉的霧，偶爾飄來幾滴雨，彷彿露珠在霧裡泅泳。

蓋茲比眼神空洞地翻著亨利．克萊的《經濟學》，每次廚房傳來芬蘭女傭的腳步聲，他就嚇得一驚一跳，時不時還拿著一雙眼睛往朦朧的窗子裡望，彷彿屋外上演著只有他才看得見的大事。最後他站起來，咕噥說他要回去了。

「怎麼又要走了？」

「看來是沒有人會來了。都這麼晚了！」他看一看錶，彷彿還有更要緊的事要去辦。「總不能要我在這裡等上一整天吧！」

「別傻了。還有兩分鐘才四點呢。」

他頹喪地坐了下來，彷彿我逼他似的，就在這時，外頭傳來汽車拐進我家巷子的聲響。我們當場跳起來。帶著一絲絲的惶恐，我走到前院迎客。

敞篷車開進種滿紫丁香樹的車道，樹上不見紫丁香，只有葉子滴著小雨。車子停了。黛西戴著一頂薰衣草色的三角帽，歪著頭，從車內往外望，臉上堆滿笑容。

「這真的真的就是你住的地方嗎，我最最親愛的表叔叔？」

她聲音裡的漣漪是雨中的美酒，聽得人飄飄欲仙，耳朵也跟著抑揚頓挫，總要隔一會兒回過神，才能細細咀嚼她說了些什麼。她的面頰上貼著一綹濡溼的髮，像一抹黛色的墨，纖纖玉手沾了晶亮的雨露，在我牽她下車的時候。

「你愛上我了嗎？」她在我耳邊低語。「否則為什麼要我一個人來？」

「這是《拉克倫城堡》[4]的祕密。妳叫司機去繞一繞，過一個鐘頭再回來。」

「費迪，一個小時之後再回來。」接著她壓低嗓子，煞有其事地說：「他叫費迪。」

「他是不是給汽油害得鼻子不行了？」

「我想沒有吧？」她語帶天真地說。「為什麼這麼問？」

我們一進屋，驚訝立刻淹沒了我——客廳裡竟然一個人也沒有。

「這就好笑了。」我高聲說道。

「哪裡好笑了？」

她回過頭，前門輕輕響起一陣莊重的敲門聲。我走出去，開了門，只見蓋茲比面無人色，雙手沉甸甸地沉在西裝口袋裡，兩隻腳，一灘水，慘兮兮地望進我眼底。

---

4 《拉克倫城堡》（*Castle Rackrent: An Hibernian Tale*），艾齊沃斯（Maria Edgeworth）一八〇〇年的作品，故事從愛爾蘭老管家的視角出發，道出四個英國統治者的興衰，全書以愛爾蘭為背景，闡釋英國統治者與愛爾蘭被統治者之間因地域與階級不同產生的衝擊。

他高傲地與我擦身而過，手還揣在口袋裡，人就一個勁地往走廊裡邊走，走到一半驀然回頭，看他那表情，活像在走鋼索，下一秒，便隱入客廳中。這回我可笑不出來了。我聽見我的心砰砰地跳，拉上門，外頭的雨又大起來了。

屋內安靜了半分鐘。客廳傳來一陣嗚咽的低喃，似哭似笑，然後是黛西清脆的聲音，刻意朗聲說道：

「我真的好高興可以再次見到你。」

一陣長長的沉默，長到令人難以忍受。我在走廊找不到事情做，索性往客廳裡邊走。

蓋茲比兩隻手揣在口袋，斜倚著壁爐，力作瀟灑，擺出一副百無聊賴的模樣，頭往後仰，靠在一只年久失修的座鐘上，雙眼近乎發狂地盯著黛西不放；黛西坐著，心裡雖然害怕，但仍然不失優雅，端坐在一張硬邦邦的椅子邊角上。

「我們見過。」蓋茲比嘟囔著，朝我瞥了一眼，張嘴似乎要笑，但卻笑不出來。所幸那座鐘選在這時搖搖欲墜，再也抵抗不了他的重量，他連忙轉身，顫抖著手，接過座鐘，擺回原位，僵硬地坐了下來，手肘跨在沙發扶手上，單手支著下巴。

「對不起，你那座鐘——」他說。

我的臉燒得像熱帶的驕陽，縱使有滿腹的客套話，卻揀不出一句來說。

「都是老爺鐘了。」我傻呼呼地說。

就在這瞬間，我想那座鐘已經在大家的心裡碎成了碎片。

「我們已經好幾年沒碰面了。」黛西力作若無其事貌。

「到十一月就滿五年了。」

蓋茲比幾乎是想也沒想就接了這句話，客廳的時光再度回到一分鐘以前。我情急生智，請他們起身移駕到廚房，跟我一起泡壺茶，就在這時，我那可惡的芬蘭女傭，正好端著茶走了出來。

上茶、奉糕點，大家手忙腳亂，忙得很是高興，應對進退也得體了起來。蓋茲比退到暗處，趁我和黛西在聊天，便拿他那雙眼睛，緊張兮兮地在我和黛西之間瞄來瞄去，看那神情，似乎不太高興，一副生怕出錯的模樣。不過我約黛西來喝茶，圖的不是這片刻的安寧，所以一逮到機會，立刻起身告退。

「你要去哪裡？」蓋茲比慌張地問我。

「去去就回來。」

「等一等再走，我有話要跟你說。」

他發瘋似的跟我到廚房，門一關，用氣音說：「喔，我的天啊」，語氣很是淒慘。

「怎麼回事？」

「錯了錯了。」他一邊搖頭一邊說。「這真是錯得離譜。」

「只不過是尷尬罷了，又沒什麼。」幸好我立刻補了一句：「黛西也很尷尬啊。」

「她尷尬？」他不可置信地說。

「你會尷尬，她也會尷尬啊。」

「不要那麼大聲。」

「你這是在耍小孩子脾氣。」我忍不住提高了音量。「除此之外，你還很沒禮貌，讓黛西一個人坐在客廳裡等。」

他舉起手，阻止我繼續往下說，然後看了我一眼，眼底盡是令人難忘的責備，這才小心翼翼打開門，回到客廳。

我從後門溜出去（半個小時之前，蓋茲比也做過同樣的事，緊張兮兮地繞了屋子一圈），奔到一棵枝幹糾結的大樹底下，樹幹漆黑，樹葉濃密，交織成一疋遮雨的布。雨再度傾盆而下；我那片凹凸不平的草坪，儘管已經讓蓋茲比的園丁修剪得平平整整，卻依然遍布著泥濘的沼澤和史前的溼地。從大樹底下望出去，除了蓋茲比那棟豪宅，什麼也看不見，我只得盯著蓋宅看了半個小時，一如康德當年對著教堂尖頂沉思默想那般。十年前，一位啤酒商建了這座宅邸，當年時興「仿古」，據聞只要附近農家願意在屋頂上鋪茅草，那位啤酒商就答應替他們繳五年的稅。或許是鄰人的拒絕讓啤酒商頓失「家業永傳」之心，健康狀況從此迅速惡化，喪事的花圈還掛在門上，子女已將宅邸轉手賣出。美國人雖然甘願（甚至爭先恐後）受人奴役，但說到要做農民，卻是一百個不願意。

半個鐘頭後，陽光再度露臉，送食品的貨車繞著蓋宅的車道，送材料來給下人備膳——我確信主人今晚一口也吃不下。女僕將樓上的窗子一扇一扇打開，身影在各個窗口短暫佇足，從正中央的凸窗探出身子時，若有所思地往花園吐了一口口水。是時候該進屋裡去了。方才雨聲纏綿，宛若他倆細語喁喁，隨著陣陣情思忽高忽低。現在外邊寂靜成一片，房子似乎也跟著靜默了。

我進了門，把廚房弄得鏗鏘作響，只差沒把爐火打翻，但是我想他們什麼也聽不見。他們分坐在長沙發兩端，互相凝視，彷彿誰拋出了問題，也彷彿問題在空氣中醞釀；先前的尷尬早已船過水無痕。黛西的臉上滿是淚痕，我一進客廳，她便跳了起來，站在鏡子前面用手巾拭淚。反倒是蓋茲比，他完全變了一個人，教我愈看愈迷糊。他在發光。那份得意，不需一言一行，幸福的光輝從內而外，照亮了我小小的客廳。

「喔，哈囉，兄弟。」聽他的口氣，彷彿我們是久別重逢的老友。有那麼一瞬間，我還以為他要上前跟我握手。

「雨停了。」

「停了？」他一時還沒會意過來我在說什麼，直到看見銀鈴似的陽光灑滿了客廳，這才笑得像個氣象播報員、像欣喜若狂的太陽神，把我的話轉述給黛西聽：「怎麼樣？雨停了。」

「太好了，傑。」她的喉頭充滿了令人心痛的美，道盡出乎她意料之外的歡喜。

「你和黛西一塊到我家來吧。」他說。「我想帶她參觀參觀。」

「你確定你要我去？」

「當然嘍，兄弟。」

黛西上樓梳洗（來不及了，真丟臉——我那毛巾），蓋茲比和我在草坪上等候。

「我這房子不賴吧？」他問。「看那正面給陽光照的。」

確實是富麗堂皇。

「可不是嘛。」他的眼神走過整幢宅邸，走過每一座方塔、每一扇拱門。「我只花了三年時間，就買下這棟房子。」

「我以為你的錢都是繼承來的。」

「的確是啊，兄弟。」他不假思索地說。「但是後來市場恐慌，我賠掉了一大半，真是給歐戰害慘了。」

我猜想他大概不知道自己在說什麼，我問他做什麼生意，他竟然回我：「關你什麼事」，隔了一會兒才發現自己失言了。

「喔，我做過好幾樁生意。」他改口道。「先是藥品，再來是石油，不過現在都沒做了。」他看我的眼神專注多了。「聽你這麼問，表示你在考慮我昨晚的提議嘍？」

我還來不及回答，黛西就從屋內走出來，洋裝上兩排銅扣，在陽光下閃閃發亮。

「是那棟大房子？」她邊指邊問。

「喜歡嗎？」

「愛的呢！但你一個人怎麼住啊。」

「我讓家裡從早到晚都是客人，全是有趣的人，做的都是有趣的事。都是有頭有臉的大人物。」

雖然沿著海灣走比較近，但是我們繞到大路上，從偏門進入他的堡壘。黛西仰望那幢領主碉堡在天空下的剪影，用她那醉人的嗓音輕聲呢喃，稱讚這稱讚那的，又直誇園子好，黃水仙香得發亮，山楂和梅花濃郁得冒泡，忍冬更是馥郁得鍍著一層淡淡的金暉。走到大理石台階前，卻不見繽紛的裙襬進進出出，聽不見衣裙沙沙摩挲，只有鳥兒在樹上鳴囀，一時之間還真不習慣。

進入室內，走過華麗如凡爾賽宮的音樂廳，穿過裝潢如英國復辟時代的沙龍，我疑心每一張沙發和每一張桌子後頭，都躲著一位賓客，奉命在我們通過之前，連大氣都不准喘一聲。蓋茲比關上「牛津墨頓學院圖書館」的大門，我發誓我聽見了貓頭鷹眼鏡先生咯咯咯的鬼笑聲。

我們上了樓，宛如宮寢的臥房，鋪墊著玫瑰色和薰衣草色的綾羅綢緞，擺放著鮮豔奪目的鮮花；我們經過更衣室，經過撞球間，經過附設嵌入式浴缸的浴室——此外還闖入了一間寢室，裡頭有個男的，蓬頭垢面，穿著睡衣，正在地板上做著養肝運動。是柯立普斯平克，人稱「房客」的那一位。我早上才看見他在沙灘上徘徊，餓得前胸貼後背。最後，我們來到蓋茲比的套房，裡頭有臥室、浴室和一間新古典風格的書房；我們在書房坐下來，啜飲他從壁櫥裡取出的夏翠絲香甜酒。

他的眼睛從來沒有離開過黛西，我想他定是把屋裡的一切重估了一遍，她那雙受寵的眼睛，就是他度量的尺規，一顰一笑，牽動著他的思緒。偶爾，他會環顧四周，表情出了神，彷彿她的存在太令人訝異，反倒讓周遭一切虛幻起來，害得他差點從樓梯上摔下去。

看了那麼多地方，就屬他的臥室最素樸，唯一的奢侈，就是五斗櫃上那副純金的梳妝用品。黛西雀躍地拿起梳子梳頭，蓋茲比坐下來，一隻手遮著眼睛，哈哈大笑起來。

「這真是太好笑了，兄弟。」他捧腹大笑道。「這真是沒辦法……只要一想到……」

看來他已經度過了前兩個階段，這下來到了第三個階段；從最初的尷尬，到不明究裡的喜悅，眼前的他完全陶醉在她的存在當中。為了這件事，他不知心心念念了多久，不知做了多少次美夢，自始至終咬緊牙關，愈咬，愈緊。如今美夢成真，他如同發條上得太緊的鐘，一下子斷了線、停了擺。

一分鐘之後，他恢復過來，走到兩個設計講究的衣櫥前，門一開，只見裡頭擺滿了西裝和睡袍和領帶，襯衫如同磚塊，成打成打地堆疊著。

「我在英國有個門路，專門替我買衣服。每年春秋兩季，他按照我的需求，每樣選一些寄過來。」

他從衣櫥裡拿出一疊襯衫，一件一件扔在我們眼前——單薄的亞麻，厚重的綢緞，上等的法藍絨，全都攤開來，覆得滿桌五顏六色。我們正忙著欣賞，他又拿出了更多襯衫，柔軟繽紛地堆了一山：條紋，格紋，螺旋紋，珊瑚紅，蘋果綠，蜜柑橘，薰衣草紫，全用寶藍色的絲線繡著他的名字縮寫。忽然間，黛西的嗓子一緊，頭埋進襯衫裡，急雨似的哭了起來。

「太美了，這些襯衫太美了。」她嗚嗚咽咽，給衣料蒙住了聲音。「我看了真難過，我從沒見過這麼……這麼美的衣服。」

參觀完房子，原本要去看庭園，看游泳池，看水上飛機，看仲夏的花朵，可惜窗外下起了雨，我們站成一排，眺望海面生波。

「要不是這片霧，就可以把妳在海灣對面的家看個清楚。」蓋茲比說。「妳家碼頭的盡頭，總是有一盞綠色的燈，徹夜在那裡閃著。」

黛西挽起他的手，挽得那麼突然，他卻渾然不察，彷彿還在咀嚼自己方才那番話的滋味。或許是突然發現，那盞綠燈在他心中巨大的分量，如今已消失無蹤。以前他和黛西各在天一方時，那盞綠燈感覺離她好近、好近，彷彿伸手就能觸及；如果黛西是天上的月，那盞綠燈就是陪伴月亮的星光。而今綠燈又只是碼頭上的燈。世上令他著迷的寶貝又少了一樣。

我在他的房間裡隨處走走，在半明半暗的光線中，模模糊糊地東看看、西瞧瞧。靠著書桌的牆面掛著一張巨幅相片，相片上是一位航海裝束的長者，吸引了我的目光。

「這位是？」

「哪一位？那一位是丹恩．考迪先生。」

這名字聽起來有點耳熟。

「他過世了。是我多年前的至交。」

五斗櫃上有一張蓋茲比的小相片，也是開遊艇出海的打扮，頭高高地昂起，一副不羈的神氣，顯然是十八歲才有的輕狂。

「我喜歡這張。」黛西嬌嚷。「飛機頭耶！你怎麼沒跟我說你梳過飛機頭——也沒說你有遊艇。」

「妳看這個。」蓋茲比連忙說。「這裡有好多剪報——上面全是妳的消息。」

他們並肩站著，細細品味那些剪報，我正想開口跟他借紅寶石來看，電話就響了。蓋茲比拿起話筒。

「是……我現在不方便講話……兄弟，我現在不方便講話……我說小鎮……他知道什麼是小鎮吧……什麼，他居然說底特律是小鎮？這人未免也太不中用了……」

他掛上電話。

「快過來看！」黛西在窗邊喊他。

雨還在下，西邊的烏雲散了，鑲金的粉紅雲朵在海面上波濤洶湧。

「你看那邊。」她低語，靜默，接著說：「我想採一朵雲，讓你坐上去，推著你到處轉。」

我想告辭，但他們說什麼也不肯；或許有我在場，他們更能陶醉在彼此的小世界中。

「我知道了。」蓋茲比說。「我們找柯立普斯平克．伊文來彈琴吧。」

他走到外面高喊「伊文」，幾分鐘後，他回到房間，身邊跟著一位侷促不安的青年，神色略顯憔悴，戴著一副玳瑁框眼鏡，頂著一頭稀疏的金髮，衣著比剛才得體多了，上身是一件「運動衫」，領口敞開著，腳上一雙球鞋，和一條帆布長褲，跟雲朵正好同一個色調。

「打擾到你運動了嗎？」黛西禮貌地問。

「沒有，我在睡覺。」柯立普斯平克扭捏地擠出一句。「我是說，我本來在睡覺，後來就起床了……」

「我們這位柯立普斯平克先生可會彈琴了。」蓋茲比打斷他的話。「是吧，伊文？我的兄弟。」

「我彈得不好……我很少……幾乎沒在彈了。我太久沒練……」

「我們到樓下去吧。」蓋茲比再次打斷他的話。他撥了開關。灰色的窗子不見了，頓時滿室生輝。

我們走進音樂廳，蓋茲比扭亮鋼琴旁邊那盞孤燈，顫抖著火柴，替黛西點了菸，帶她到房間另一頭的長沙發上坐下，那裡沒有燈，只有地板反射著走廊的亮光。

柯立普斯平克在琴凳上坐下，彈了一曲《愛巢》（*The Love Nest*）。曲罷，他轉過身，怏怏不樂地在幽暗中找尋蓋茲比的身影。

「看吧，我太久沒練琴了。就跟你說了我彈不來。太久沒練……」

「別多話，兄弟。」蓋茲比命令。「彈！」

朝朝吃喝，

暮暮玩樂，

豈不快樂——？

外頭風聲呼嘯，海灣上響起了一陣悶雷。此時西卵家家戶戶燈火通明；滿載著乘客的火車，冒著雨從紐約衝回來了。這是人事變化無窮的一刻，興奮正在空氣中醞釀著。

命中註定？

無庸置疑！
富者添富，
貧者添——子，
正值此時，
正值此刻——[5]

我走過去向他們道別，困惑再度籠罩著蓋茲比的臉，對於此刻的歡愉，他似乎微微起了疑心。將近五年了！在這重逢的午後，他的美夢甚至連黛西也要相形失色——不是她不夠好，而是他的幻想太生動，生動到超越了她，超越世間所有。他用滿腔熱血打造了這個美夢，東添一筆、西加一畫，哪裡有鮮豔的羽毛，順手就替她簪上。無論愛火再熾熱，肉

5 《豈不快樂》（*Ain't We Got Fun*）是一九二一年的流行歌，房客柯立普斯平克自彈自唱時刪改了歌詞，原本同段歌詞如下：日日吃喝，／夜夜玩樂，／豈不快樂？／空空口袋，／親親吾愛，／豈不快樂？／吾愛親親，／無車無金。／貧賤男女，／樂道安貧。／命中註定？／何來此事！／富者添富，／貧者添貧。／正值此時，／正值此刻。

體再青春，男人在鬼魅心谷裡日積月累而成的美夢，說什麼也無法撼動。

他在我的目光下慢慢調適，漸漸接受現實。他牽起她的手，她在他耳邊耳語，他轉頭，感情澎湃洶湧。我想最令他痴迷的，還是她的聲音吧，那一抑一揚，那字字句句裡的熱情，都是他的美夢所遠遠不及的——因為她的聲音，是一首不死的曲子。

他們早已忘了我的存在，但至少黛西還是抬起目光，伸手向我道別；至於蓋茲比，他已經完全不認得我了。我回頭朝他們望了一眼，他們回望著我，遠遠地，燃燒著彼此的生命之火。我走出音樂廳，走下大理石台階，走入雨中。我走了。剩他們了。

Chapter 06
第六章

約莫在這前後，某天早上，一位年輕有為的紐約記者親自登門造訪，問蓋茲比有什麼話要說。

「要我說什麼呢？」蓋茲比客氣地問。

「隨便啊——想說什麼都可以啊。」

兩人雞同鴨講了五分鐘，原來這位記者在報社聽了蓋茲比的名號（他不肯透露消息來源，或許他根本不知道），適逢這天休假，便精神可嘉地自告奮勇前來「打聽」。

他這麼做雖然無異於亂槍打鳥，但是他的直覺並沒有錯。蓋茲比的惡名，經由賓客一傳十、十傳百（他們受人款待，便想為其喉舌一番），夏天還沒過完，蓋氏便已聲名遠播，幾乎成了新聞人物。當時盛極一時的傳言，如「牽管線到加拿大運私酒」等，全都和他扯上關係；另一個不老的傳說，則謠傳他住的不是屋子，而是外觀像屋子的船屋，整日沿著長島海灣偷偷摸摸地來回航行。至於這些空穴來風的流言，為什麼可以讓北達科他州的詹姆士·蓋茲聽得那麼高興，這就很難說了。

詹姆士·蓋茲，這正是（至少法律上來說）蓋茲比的本名。十七歲那年，他改名換姓，這一刻，見證了他事業生涯的開端。當時，丹恩·考迪正駕著遊艇，在蘇必略湖最險惡的水域下錨，剛好讓蓋茲撞見。那天下午，穿著綠色破爛針織上衣，下搭一條帆布長褲，在沙灘上蕩來晃去的，還是詹姆士．蓋茲，可是，借了小船划向「圖樂靡號」，警告考迪半小時後湖面起浪有翻船之虞的，已經是傑．蓋茲比了。

我在猜，縱使當時年紀小，蓋茲比這個名字他老早就想好備著了。他的父母胸無大志、一事無成，終生以種田維生；在他的想像世界裡，他始終無法接受這樣的生父生母。追根究柢，這位長島西卵的傑．蓋茲比先生，是從柏拉圖的理想世界中蹦出來的。他是「上帝之子」（這詞是什麼意思，我就是那個意思），他要順服天父的旨意，服事數大的美、庸俗的美、浮誇的美。因此，他創造了傑．蓋茲比這號人物——這是一位十七歲少年的憧憬，並且自始至終從未有過二心。

在這之前，他在蘇必略湖南岸闖蕩了一年，捕鮭魚、撈蛤蠣，打零工以求溫飽。他皮膚黝黑、體魄結實，對於這種半艱苦、半懶散的生活，他倒是怡然自得，過了好些振奮人心的日子。他很早就懂得女人，女人寵他，倒讓他看輕。他瞧不起處子，因為她們無知；上過床的又老愛歇斯底里，在他看來，這些都只不過是尋常小事，他一心只顧自己，哪有心思搭理。

但是，他的心卻一直騷動不安。所有怪誕離奇的幻想都在夜裡爬上他的床。他在心中編織筆墨難以形容的浮華世界，時鐘在洗手台上滴答滴答地走，月色如水，浸溼了地上扭成一團的衣裳。每夜每夜，他在這幅圖上塗塗抹抹，未來在眼前歷歷如繪，直到瞌睡闔上他的眼，給他一個遺忘的擁抱。有一段期間，這些幻想是他想像的出口，安慰他現實並非真實，構築世界的磐石穩穩地建立在仙子的薄翼上——這讓他對未來充滿了希望。

在他改名換姓之前的幾個月，追逐光明未來的直覺引領他來到明尼蘇達州南部，在路德會聖奧拉夫學院半工半讀。他待了兩個禮拜，無奈學院冷酷無情，對於天意不聞不問，他的命運在鳴鼓，學院竟然渾然不察，他一方面洩氣，一方面鄙夷工友這分差事。他又回到蘇必略湖，丹恩．考迪在淺水處下錨的那一天，他正在岸邊找事做。

考迪當年五十歲。他曾經在內華達州採銀，在阿拉斯加育空河邊淘金，一八七五年以來，從未缺席任何一場採礦熱。他在蒙大拿州做銅礦買賣，賺了好幾百萬，後來身體雖然健壯如昔，耳根子卻愈來愈軟，數不清的女人逮到這一點，便千方百計想從他身上揩油，因此扯出好幾段不三不四的風流韻史，讓一九〇二年的報紙有了大肆渲染的絕佳題材，女記者愛菈．愷兒抓住他的罩門，便跟路易十四的情婦曼德儂夫人有樣學樣，當起他的紅粉知己，慫恿他駕著遊艇雲遊四海。他沿著岸邊漂流了五年，到處吃香喝辣，這天在少女灣停泊，成為詹姆士．蓋茲的命運之神。

年輕的蓋茲停了槳，抬頭仰望遊艇的甲板和欄杆，在他眼中，這艘遊艇集全世界的美麗與魅力於一身。我猜他對考迪笑了笑（他大概已經發現自己笑起來很討喜）。總之，考迪問了他幾個問題，其中一題問出了蓋茲比這個嶄新的名字；他發現蓋茲比很機靈，而且野心勃勃。幾天後，他帶著蓋茲比到明尼蘇達州的杜魯斯市，幫他買了一件藍色外套，六條白色的帆布長褲，和一頂航海帽。接著「圖樂靡號」啟程，航向西印度群島和巴巴利海岸，蓋茲比也跟著一起離開。

考迪雇他幫忙打理哪些私事，我並不清楚，總之就是跟在他身邊，既是他的管家，也是他的副手，是船長，也是祕書，甚至身兼獄卒；因為清醒的丹恩．考迪有自知之明，曉得酒醉的丹恩．考迪會做出哪些荒唐事，為了避免不測，他愈來愈信任蓋茲比。蓋茲比當了考迪五年的貼身體己，期間「圖樂靡號」環美洲三圈，原本歸程遙遙無期，誰知經過波士頓時，愛菈．愷兒跑上船來，丹恩．考迪卻招待不周，不出一個禮拜便與世長辭。

我還記得蓋茲比臥室裡掛的那幅肖像，相片上的考迪頭髮花白，臉色紅潤，面無表情，一副鐵石心腸的狠樣——他是沉迷酒色的墾荒者，曾幾一度，他將西部妓院酒館的豪邁粗獷，帶回美國東部的濱海地方。蓋茲比喝得不多，多少是以考迪為鑑。偶爾，在派對酒酣耳熱之際，女客會往蓋茲比的頭髮上抹香檳；他本人則養成不貪杯的脾性。

而他所謂繼承財產一事，正是從考迪來的——遺囑裡分了他兩萬五千元。他一毛也沒拿到。他不懂究竟是什麼樣的法律手段，竟然使他領不到分文，只知道最後數百萬的遺產，全部一毛不差地歸到了愛菈・愷兒手中。考迪留給他的，是異常完善的教育。起初傑・蓋茲比徒具模模糊糊的輪廓，如今已成了有血有肉的人了。

他很晚才把這些經歷告訴我，我在這裡先夾敘一段，為的是替他闢謠，關於他身世的傳聞，無稽之談已經太多。他在事情大亂的時候，將這一切告訴了我，當時，關於他的種種，我已經什麼都信，也什麼都不信了。因此就在蓋茲比——這麼說吧，稍獲喘息的時候，我趁這個空檔撥亂反正，交代一下他的生平。

這段期間，正是我與他交往的空白。一連好幾個禮拜，我都沒見到他的人影，也沒在電話上聽到他的聲音。我多半待在紐約，跟著嬌丹東奔西跑，在她老態龍鍾的姑媽面前大獻殷勤。但是，我還是挑了一個禮拜天下午去拜訪蓋茲比。我才上門不到兩分鐘，便有客人帶著湯姆．勃肯南來給蓋茲比招待。我當時的詫異自然不在話下，不過真正讓我驚訝的，是湯姆．勃肯南從沒造訪過蓋茲比府上。

他們一行三人騎馬而來，一位是湯姆，一位是姓史隆的先生，一位是穿著棕色騎裝的美麗佳人，之前曾在蓋宅見過。

「真高興見到各位。」蓋茲比站在門廊上說。「歡迎進來坐坐。」

他們哪裡在乎他高不高興呢！

「請坐請坐。來根香菸還是雪茄吧。」他在屋裡疾走，手中搖鈴不輟。「我馬上請人端飲料出來。」

湯姆光顧顯然讓他大受影響。但反正在上飲料之前，他本來就注定要坐立不安，忙著張羅吃喝招待；這行人無非為此而來，他心裡多少也有個底。史隆先生什麼都不要。檸檬水？不用，謝謝。來點香檳？別忙了，謝謝……。抱歉，寒舍——

「騎來一路上還愉快吧？」

「這一帶的路相當好。」

「只是路上汽車……」

「是啊。」

這時蓋茲比終於按捺不住衝動，轉身面對湯姆；方才人家引介時，只道兩人素昧平生，湯姆也沒瞧出來，但蓋茲比卻說：「勃肯南先生，我想我們在哪裡見過？」

「喔，沒錯。」湯姆啞著嗓子客氣地說，但顯然毫無印象。「我們見過的。我記得很清楚。」

「大約兩個禮拜前。」

「是了，你跟尼克一起的。」

「我認識你太太。」蓋茲比幾乎是語帶挑釁地說。

「這樣啊？」

湯姆轉向我。

「你住這附近嗎，尼克？」

「就在隔壁。」

「這樣啊？」

史隆先生沒有加入談話，只是靠著椅背，高傲地坐著，美麗佳人也一語不發；沒想到，兩杯威士忌調酒過後，她卻和藹可親起來。

「蓋茲比先生，下次開派對我們也來。」她提議。「你說呢？」

「當然當然，我很樂意招待各位。」

「太感謝了。」史隆先生毫不感激地說。「我看——我們也該回去了。」

「別急著走嘛。」蓋茲比挽留道。他現在冷靜下來了，同時也想多多認識湯姆。「何不——何不留下來吃晚餐？我看晚點紐約那邊還會有人來。」

「不如你來我家晚餐吧。」佳人熱情地說。「你們兩個都來。」

她說的「都」也包括了我。史隆先生站了起來。

「走吧。」史隆先生說，但這話是對她一個人說的。

「我說真的。」她堅持道。「我很歡迎你們來。空位還多著呢。」

蓋茲比用眼神問我去不去。他很想去，沒看出來史隆先生打定主意不讓他跟。

「我恐怕有事不能去。」我說。

「那你來吧。」她全副心思慫恿蓋茲比。

史隆先生在她耳邊嘀咕了幾句。

「現在動身還不遲。」她大聲說道。

「我沒有馬。」蓋茲比說。「以前在軍中我也騎馬的，但我從來沒有買過馬，只好開車尾隨你們了。抱歉，等我一分鐘。」

我們幾個走到門廊上等，史隆先生和美麗佳人在一旁激動地交談。

「天啊，這傢伙還真的跟來。」湯姆說。「他難道不知道她不希望他來嗎？」

「她明明說了希望他去的。」

「她今晚大開宴席，去了他半個也不認識。」他把眉頭一皺。「我好奇他在哪裡認識黛西的。就算我老古板好了，但這年頭女人家這樣到處拋頭露面，我實在看不慣，什麼阿貓阿狗不認識。」

史隆先生和美麗佳人突然步下台階，躍上馬背。

「走吧。」史隆先生對湯姆說。「遲到了，不趕快走不行了。」接著對著我說：「麻煩轉告他，就說我們不能再等了。」

湯姆和我握一握手，其他人只冷淡地點了點頭，接著便馬不停蹄地沿著車道遠去，隱入八月的樹蔭中，這時蓋茲比拿著帽子和薄外套，正從前門走了出來。

湯姆顯然不放心讓黛西獨自在外拋頭露面，因為接下來那個禮拜六，他和黛西連袂出席了蓋茲比的派對。也許因為有他在場，當晚的氣氛格外彆扭，在我那年夏天參加的蓋宅派對裡，就屬那晚的印象最深刻。人是同樣的人（至少是同一類型的人），香檳是同樣地流，喧鬧是同樣的高高低低、形形色色，但是，我卻感到不悅在空氣中浮動，一股敵意瀰漫了全場。或許是因為我太習慣這個場子，接受西卵是自成天地的小世界，內中自有其人物和規矩，這地方自謂不落人後，因其落於人後而不自知；而如今，我卻要透過黛西的眼睛，重新認識這方天地。好不容易才調整好的角度，卻被逼得要用新的眼光去看，這豈有不令人難受的道理。

他們夫妻在黃昏時分抵達，我們一起在光彩奪目的人群中漫步，黛西的聲音在喉頭施展呢喃的魔術。

「這裡的一切都讓我好興奮。」她低低地說。「表叔叔，今晚如果你想吻我，儘管跟我說，我來替你安排。就說是黛西介紹的。或秀出綠色的邀請卡也行。我今晚要到處發綠色的——」

「妳看看四周。」蓋茲比建議道。

「正在看呀，今天真是太開——」

「看到很多聽過名字但沒見過的面孔吧。」

湯姆傲慢地往人群裡瞟了瞟。

「我們很少參加聚會。」他說。「說老實話，這些人我半個也不認識。」

「那位小姐總看過吧。」蓋茲比指的是一位絕世美女，超凡脫俗，宛如空谷幽蘭，皇后似的端坐在一株白色梅花樹下。湯姆和黛西看傻了眼，形同幽靈的電影明星居然近在眼前，簡直像在做夢一樣。

「她好漂亮。」黛西說。

「彎著腰陪在一旁的，就是她的導演。」

他隆重地將他們一一介紹給賓客認識。

「這位是勃肯南太太……這位是勃肯南先生——」遲疑了一秒後，他又補上一句：「鼎鼎大名的馬球健將。」

「不敢當。」湯姆趕緊反駁。「過獎過獎。」

但是看來蓋茲比認為這個名號很響亮，結果湯姆當了一整晚的「馬球健將」。

「我還是第一次見到那麼多名人。」黛西驚呼。「我欣賞那邊那位先生——他叫什麼名字？——鼻頭發青的那一位。」

蓋茲比報上他的名字，是位電影製片家，不過規模很小。

「這樣啊。總之我欣賞他。」

「我寧可不要馬球健將這個稱號。」湯姆和氣地說。「我只想默默地看著這些名人——不要這些名人記得我。」

黛西和蓋茲比跳起了雙人舞。我記得我很驚訝，看著他舞著拘謹優雅的狐步——之前從沒見他跳舞過。他們慢慢踱進我家，在門階上坐了半個小時，我聽從她的囑咐，留在花園裡幫忙把風。「提防火災水災，」她解釋道，「或其他上帝降下的災禍。」

我們坐下來用晚餐時，遭眾人遺忘的湯姆又現身了。「你們不介意我坐到那桌去吧？」他說。「那邊有個傢伙講話挺風趣的。」

「去吧。」黛西隨和地說。「如果你想跟人家抄住址，我可以先借你我這枝金色小鉛筆。」……她轉頭看了看，說那個女生「沒什麼教養，但頗有姿色」。我當下立刻明白，除了跟蓋茲比獨處的那半小時之外，她玩得並不愉快。

我們坐到了一桌醉客中間。這都要怪我，當時蓋茲比去接電話，而我兩週前正好和這群人相談甚歡，誰知道當時認為好笑的，此時全走了味。

「貝德克小姐，妳沒事吧？」

這位小姐眼看就要靠到我的肩膀上來，我這一問，她立刻坐直身子，睜圓了眼。

「怎啦？」

一旁睡眼惺忪的胖太太（她一直邀黛西明天陪她去打高爾夫）幫貝德克小姐說話道：「喔，她這樣還算好的啦。等她喝到第五、第六杯雞尾酒，你看她會不會大聲嚷嚷。就叫她不要再喝了。」

「我沒喝啊。」貝德克小姐有氣無力地說。

「那時我們聽她嚷起來了，就跟這邊這位麝貓醫生說：『麝貓醫生，麻煩您看一看她吧。』」

「我想她一定很感謝妳。」另一位友人說，語氣毫無感激之意。「但是妳把她的頭按在游泳池裡，弄得她的禮服都溼透了。」

「我最討厭人家把我的頭按在游泳池裡。」貝德克小姐嘟囔。「在紐澤西州那一次，差點沒把我淹死。」

「我看妳真的不要再喝了。」麝貓醫生回嘴道。

「你還敢說別人！」貝德克小姐火大地說。「你自己手抖成那樣。我才不敢給你開刀咧！」

大概就像這樣。我只記得後來我和黛西站在一起，遠遠望著那位電影導演和他的當家花旦。他們依然站在那一株白色梅花樹下，只差一絲蒼白月光的距離，兩個人的臉幾乎就要碰在一起。我心裡閃過一個念頭：他整個晚上就這樣站著，慢慢地、慢慢地彎下腰，好不容易才靠她靠得那麼近；在我的注視下，他又往前傾了一小吋，在她臉頰上輕輕一吻。

「我喜歡她。」黛西說。「我覺得她好漂亮。」

但是除此之外她都不喜歡——這也是無可爭辯的事，因為這不是她在裝模作樣，而是真的打從心裡討厭。西卵把她嚇壞了，百老匯竟然在長島這個漁村製造出這種前所未見的所在，她害怕那奔放的活力摩擦她守舊的委婉，她害怕那冒失的命運將這干人送上從無到無的捷徑。這裡簡單到令她害怕，令她不明白。

我坐在大門前的台階上陪他們等車。屋前很暗，只有明亮的大門口，往破曉前的黑色溫柔投入一公尺見方的光。偶爾，樓上更衣室的百葉窗閃過一抹黑影，不久又是一抹黑影，只見魚貫的朦朧黑影，對著看不見的鏡子擦脂抹粉。

「蓋茲比這傢伙究竟是誰？」湯姆忽然質問起來。「生意做很大的私酒商人？」

「你從哪裡聽來的？」我問。

「這不是聽來的，是我自己想出來的。你曉得，好多暴發戶都是做私酒生意的。」

「蓋茲比可不是。」我唐突道。

他沉默了一陣子。車道上鋪的鵝卵石給他踩得嘎喳嘎喳響。

「再怎麼說，他一定也是費了一番功夫才把這些猴子猩猩湊成這麼一個動物園。」

一陣微風吹動了黛西灰毛領上的細毛。

「猴子猩猩也比我們認識的人有趣多了。」她這話說得有些勉強。

「妳看起來不像覺得很有趣的樣子啊。」

「不會啊。」

湯姆哈哈大笑，轉頭面對著我。

「你看到黛西的表情了嗎？就是那個女的叫黛西讓她沖冷水澡的時候？」

黛西跟著屋裡的音樂，用她那富有磁性的嗓音，韻律有致地低吟起來，只把那一字一句傳唱成絕響，那意思以前不曾有，將來也不會再有了。待曲調拔高，她那副女低音的嗓子甜甜輕轉，跟著爬了上去，每一次轉音都向夜空輕灑她溫暖的魔力。

「好多賓客都不請自來。」她突然迸出這麼一句。「你剛說的那女的根本沒人邀她。這些人根本是硬闖，他太客氣了，哪裡好意思拒絕。」

「我還是想知道這傢伙的來歷，究竟是幹什麼的。」湯姆死咬著這話題不放。「我想我要來調查一下。」

「不如我現在就告訴你吧。」黛西回他，「他是開藥局的，一連開了好幾家，都是他努力來的。」

他們的禮車沿著車道姍姍駛來。

「晚安，表叔叔。」黛西說。

她的視線離開了我，尋著燈光洩地的台階頂端，《凌晨三點》從敞開的大門裡傳了出來，這是當年紅極一時的小華爾茲，曲調哀婉且工整。畢竟，在蓋府隨性氛圍中醞釀的羅曼蒂克，從來不曾出現在她的世界。那歌裡似乎有些什麼，正在召喚她回去？在這深不可測的凌晨，誰知道會發生什麼事情？也許會來一位意想不到的稀客驚豔四座，只要這位明豔動人的少女朝蓋茲比瞥一眼，那電光石火的瞬間，便能讓五年來的始終不渝灰飛煙滅。

那天晚上我待到很晚。蓋茲比要我等到別的客人都離開了再走。我獨自在花園裡徘徊，等到那批泳客照例從漆黑的海灘嘻嘻哈哈、渾身發抖跑回來，等到樓上客房的燈都熄滅，他才終於步下台階，古銅色的肌膚緊緊地繃在臉上，雙眼炯炯有神，微露倦意。

「她不滿意。」他開口就說。

「怎麼會不滿意。」

「她不滿意。」他堅持道。「她玩得一點也不開心。」

他默不作聲，我猜他沮喪到說不出話來。

「我覺得我離她好遙遠。」他說。「要讓她明白，好難。」

「明白你開舞會的用意？」

「舞會？」他一彈指，之前開過的舞會瞬間消失無蹤。「兄弟，舞會根本不是重點。」

他要黛西，他要她跑到湯姆面前，說：「我從來沒愛過你。」等到她用這句話磨滅掉過去四年的感情，他們就可以計畫更多實際的行動，其中之一就是：等她回復自由之身，他們就要回去路易斯維爾，在她老家舉辦婚禮──好像回到五年前一樣。

「她卻不明白我的心思。」他說。「以前的她明白的，我們可以一起坐上好幾個鐘頭……」

他說到一半接不下去，開始在一條淒清的小徑上來來回回地走，踩著滿地的果皮、殘破的落花和賓客丟棄的贈禮。

「換作是我，我不會要求那麼多。」我鼓起勇氣說。「時光不能倒流，過去不能重來。」

「過去不能重來？」他不相信地嚷了起來。「過去當然可以重來！」

他發瘋似的左顧右盼，彷彿過去就潛伏在這棟宅邸的陰影裡，只是他無法觸及。

「我要讓時光倒回到從前。」他點點頭，表示心志已決。「她會懂的。」

他絮叨著過去，我猜他是想找回某樣東西，也許是當時愛上黛西的自己。從那之後，他的人生陷入了混沌，但是，只要他能回到某個起點，然後慢慢地回味，或許，或許他就能找回那樣東西……

……是五年前的秋夜，他們在街上漫步，落葉紛飛，他們走到沒有樹的所在，月光把人行道照得雪亮。停下腳步，面對面站著。秋夜涼爽，空氣裡神祕的騷亂，是季節遞嬗時特有的悸動。靜謐的燈火往黑夜裡哼歌，滿天的星斗鼓譟且忙碌。從眼角餘光，蓋茲比看見了一段一段的人行道搭成了梯子，直通樹頂上方的祕密處所——他可以攀上去，如果只有他一個人的話，一旦到達梯頂，他就能吮生命之瓊漿，飲奇蹟之玉液。

他心跳加速，黛西的玉容迎了上來。他知道，一旦他吻了她，一旦他無法言喻的遠景纏上她轉瞬即逝的呼吸，他的心，就再也不能像上帝的心那般，到處遊蕩。所以他遲了一刻，聆聽星星敲響音叉。他吻了她。一接觸到她的唇，她為他綻放，像一朵花，他也從此脫胎換骨成另一個人。

聽著他的往事，縱使啞然於他的感傷，然而我卻像記起了什麼——記起了難以捉摸的節拍，記起了失落文字的片段，記起好久好久以前，不知在哪裡聽過的什麼。一時之間，言語在我嘴裡醞釀，我張開了嘴，像個呆子似的，彷彿掙扎著想說點什麼，但只有一股驚訝的喟嘆，無聲也無息，原本就要記起的言語，卻是永遠也說不清。

Chapter 07
第七章

就在大家對蓋茲比的好奇沸騰到了頂點的時候，他家禮拜六晚上突然不亮燈了。之前他效仿古羅馬諷世小說裡的特立馬喬（Trimalchio）夜夜肆筵設席，這興致來也蹊蹺，去也無蹤。起先我還不曉得，後來發現拐進他家的大小車輛，全都乘興而來、敗興而歸。我疑心他病了，前去一探究竟；應門的是一位陌生的管家，滿臉橫肉，將門拉開一條縫，狐疑地瞪著我。

「蓋茲比先生病了？」

「沒有。」隔了半晌，他才拖拖拉拉、心不甘情不願地喊了我一聲「先生」。

「好久沒看到他了，很擔心。請轉告他卡拉威先生來找過他。」

「誰？」口氣很沒禮貌。

「卡拉威。」

「卡拉威。好。我告訴他。」

然後他就把門關上了。

聽我那芬蘭女傭說，蓋茲比在一個禮拜前把家裡的傭人全數遣散，另外又請了五、六位人手來。這一批新傭人從來不到鎮上採買，省得老闆賄賂，只消打電話差人送一些食品過來。送貨小弟說，他家的廚房像豬圈一樣。鎮上的人傳聞，他請的這批新人根本不是傭人。

隔天，蓋茲比來了通電話。

「你要走了？」我問。

「沒這回事，兄弟。」

「聽說你把傭人遣散了。」

「我想用不會說三道四的人。黛西時常來我這裡走動——她都在下午的時候來。」

原來是她看不慣，所以之前夜夜大開客棧的作風，便像紙牌堆的屋子一樣垮了台。

「新來這批是沃爾夫西恩介紹的，彼此是兄弟姊妹，以前一起經營旅館。」

「我懂了。」

這通電話是黛西要他打的，問我明天要不要去她家吃午餐，貝克小姐也會去。半個鐘頭後，黛西親自撥了通電話，聽到我答應赴約，似乎鬆了一口氣。我疑心其中必定有鬼，但我萬萬沒想到，他們竟然會選在這個時候鬧翻，更沒想到蓋茲比在花園裡擘畫的難堪場面會在這種場合上演。

翌日酷暑，無疑是盛夏進入尾聲前最炙熱的一天。我搭乘火車出了隧道，駛入燦爛豔陽中，美國餅乾公司哨聲炎炎，劃破日正當中燠熱的死寂。車廂裡的草蓆座椅眼看就要燒起來；我隔壁的太太嬌滴滴地汗溼著白色襯衫，不久她手中的報紙也跟著汗涔涔起來，她絕望地長嘆一聲，沉入深深的炎熱，錢包「啪」的一聲掉到了地上。

「唉呀，糟糕！」她轉不過氣地說。

我好不容易彎下腰，幫她把錢包撿起來；遞回去時，我把手伸得長到不能再長，捏著的角小到不能再小，表示我沒有其他用意，但是四周乘客（包括掉錢包的太太）依然懷疑我別有居心。

「熱啊！」驗票員對著熟面孔說。「什麼天氣！……熱啊！……熱啊！……熱啊！……您覺得夠熱不夠？您熱不熱？熱嗎？……」

我那張月票回來時，上面多了他的黑手印。這麼熱的天，誰在乎他吻過誰激動的雙唇？誰在乎誰汗溼的髮曾枕過他胸口的睡衣？

……勃肯南家的走廊襲來一陣微涼的風，將屋裡的電話鈴響，吹給了等在門口的蓋茲比和我。

「老爺的屍體？」管家對著話筒嚷嚷。「抱歉啊，太太，但現在交不出來——太燙了，給這中午熱得碰不得啊！」

其實他說的是：「是……是……我這就去。」

他放下聽筒，閃著汗珠，走到門口把我們的草帽接了過去。

「太太已經在客廳裡等了！」說著還多此一舉地比了比方向。天氣那麼熱，所有無謂的舉動看了都覺得浪費力氣。

客廳的窗外撐起了遮陽篷，室內倒還陰涼。黛西和嬌丹躺在偌大的沙發上，好像兩尊銀像鎮著自己的白色衣裙，不讓哼著歌的風扇吹動。

「動不了了。」她們異口同聲地說。

嬌丹小麥色的手指撲上了白色的粉，在我手中稍稍逗留。

「我們的運動家湯姆．勃肯南先生呢？」

就在此時，我聽見他粗嘎沙啞的嗓音，從走廊的電話那裡含含糊糊地傳了過來。

蓋茲比站在大紅地毯正中央，著迷似的四處觀望。黛西看看他，忍不住笑了起來，笑得甜甜的，笑得讓人心動，胸口微微揚起一抹脂粉。

「聽說，」嬌丹壓低了嗓子，「是湯姆的女人打來的。」

我們默不作聲。隨著火氣上升，走廊那頭的聲音也愈來愈響：「這樣啊，好啊，車子是我的，我說不賣就不賣……我又沒欠你什麼……你下次再敢挑午餐時間打來煩我試試看！」

「遮著話筒在那裡演戲呢。」黛西挖苦道。

「不是這樣的。」我安慰她。「是真的有車要賣，我碰巧知道這回事。」

湯姆推開門，壯碩的身子一時擋住了整個門口，接著快步走入客廳。

「蓋茲比先生！」他伸出寬厚的大手，隱藏住心中的厭惡。「真高興見到您……還有尼克……」

「去弄幾杯冷飲過來。」黛西使喚他。

他離開客廳，她起身，走向蓋茲比，捧著他的臉，吻上他的脣。

「你知道我是愛你的。」她呢喃。

「妳忘了這裡還有一位淑女在場啦。」嬌丹說。

黛西疑惑地四下望了望。

「那妳也親尼克吧。」

「哪來的野丫頭！」

「我管這麼多呢！」黛西一邊嚷著，一邊在磚頭砌的壁爐上踢踏起來，過了一會兒，忽然想起這大熱天的，便又愧疚地坐回沙發上，正好衣著整潔的奶媽牽著個小女孩走了進來。

「心——肝——寶——貝——」她嬌聲軟語地哄著，伸出兩隻手來。「來媽媽這裡，好愛好愛妳喔。」

奶媽手一鬆開，小女孩便從客廳另一頭跑過來，害羞地往媽媽的裙子裡鑽。

「心——肝——寶——貝——小心妳那頭金髮不要沾到媽媽的脂粉了？來，站好，說『您好』。」

蓋茲比和我輪流彎腰，拉拉她那不情不願的小手。他目不轉睛地盯著那孩子看，眼神裡充滿了訝異。我想他之前說什麼也不肯相信黛西有小孩。

「我還沒吃飯飯就換衣服了。」小女孩忙著轉身去找黛西。

「那是因為媽咪想要炫耀炫耀我的漂亮寶貝啊。」她低下頭，把臉埋在那雪白的細脖子後面。「乖寶寶。世界上最乖的乖寶寶。」

「對。」小女孩面不改色地說。「嬌丹阿姨也穿白色洋裝耶。」

「喜歡媽媽的朋友嗎？」黛西讓小女孩轉身面對蓋茲比。「是不是很帥？」

「爸爸呢？」

「她跟她爸爸長得不像。」黛西解釋道。「她長得像我。頭髮像我，臉也像我。」

黛西背靠著沙發坐好。奶媽上前一步，牽起小女孩的手。

「走吧，潘蜜。」

「拜拜，小乖。」

小女孩教養很好，只依依不捨地回頭看了一眼，便任由奶媽牽了出去，此時湯姆正好回來，後頭跟著的管家端著四杯琴利克調酒，杯裡的冰塊叮叮咚咚。

蓋茲比接過他那杯酒。

「看起來真的很冰。」他顯然很緊張。

我們貪婪地灌起酒來。

「不知道是在哪裡讀到的，聽說太陽會一年比一年熱。」湯姆好心情地說，「地球很快就會被太陽吸進去——不對，等一等——正好相反，太陽會一年比一年冷。」

「到外面來吧。」他對蓋茲比說。「好好帶你看一看我這個地方。」

我跟他們一起來到門廊。長島海灣一碧萬頃，在酷暑中凝成一灘死水，一片白帆蠕動其上，緩緩爬向清新的海域。蓋茲比的目光追隨船帆遠去；過了一會兒，他舉起手，指向海灣的對岸。

「我家就在你正對面。」

「的確。」

我們的視線拂過玫瑰花圃，掠過炎炎草皮，來到海邊焦黃的枯草。緩緩地，白色船帆航向冰藍的天際，海波盪漾宛如扇貝的波紋，星羅棋布著一座座寶島。

「帆船這運動挺好的。」湯姆點頭稱許道。「真想跟他一塊兒出海，遛達一個鐘頭再回來。」

我們在飯廳裡用午膳，陽光被隔絕在外，室內倒也陰涼，混著冰涼的麥芽啤酒，將緊張的歡樂往肚子裡吞。

「今天下午怎麼辦？」黛西哭喪著臉。「明天怎麼辦？未來三十年又該怎麼辦？」

「少在那邊死氣沉沉的。」嬌丹說。「等到秋高氣爽，就會再生氣蓬勃起來啦。」

「可是真的好熱。」黛西繼續嚷著，眼看就要哭出來了。「而且事情亂成一團。不如大家上紐約去吧。」

她的聲音在暑氣中掙扎，拳打腳踢地，想把這團混沌捏塑出形狀。

「我聽說有人把馬廄改建成車庫。」湯姆對蓋茲比說。「但把車庫改建成馬廄的，我還是第一個。」

「誰想去紐約？」黛西不放棄地問。蓋茲比的眼神飄向她。「唉，」她喊他，「你看起來真涼快。」

他們四目相接，深情凝睇，頓時將飯廳化為兩人世界。她費了一番功夫，才垂下眼皮，盯著餐桌。

「你看起來永遠那麼涼快。」她又再說了一次。

這分明是在向他示愛，湯姆・勃肯南也看出來了。他大驚失色，嘴巴微張，看了看蓋茲比，又看了看黛西，彷彿她是闊別多年的朋友，剛剛才認出來。

「你好像廣告上那個男的。」她若無其事地繼續說。「你知道那個男的——」

「好。」湯姆突然出聲，「我也想去紐約。走，我們到紐約去。」

他站起來，眼神在蓋茲比和黛西之間轉來轉去。沒人理他。

「走啊！」他的火氣冒上來了。「搞什麼？要去就趕快啊。」

他的手因為按捺著脾氣而顫抖，顫巍巍地將酒杯送到嘴邊，將剩下的麥芽啤酒一飲而盡。黛西的聲音催得大家都站了起來，移動腳步到外頭熱氣蒸騰的碎石車道。

「我們就這樣去嗎？」她不以為然地說。「就這樣？也不讓大家先抽根菸再走？」

「剛剛吃午飯的時候不就抽過了。」

「唉唷，大家開開心心的不是很好嗎？」她央求他。「天氣這麼熱，我們就別吵了。」

湯姆沒理她。

「隨便你吧。」她說。「嬌丹，來。」

她們上樓準備，我們在原地等，一面踢著車道上滾燙的小石子。一鉤銀月掛在西天。蓋茲比有話想說，但話到嘴邊又改變主意，不料湯姆卻冷不防地轉過身，等著他開口。

「你的馬廄是在這裡嗎？」蓋茲比勉強擠出這個問題。

「沿著這條路下去四百公尺就是了。」

「喔。」

一陣沉默。

「我真搞不懂到紐約要幹嘛。」湯姆氣沖沖地說。「女人家滿腦子只想要……」

「要不要帶點喝的去？」黛西從樓上的窗戶往下喊。

「我去拿威士忌。」湯姆答應著，進屋去了。

蓋茲比僵硬地轉向我。

「我在他家什麼也不能說啊，兄弟。」

「聽她的聲音像是豁出去了，」我說，「充滿了——」我猶疑了一下。

「她的聲音充滿了錢。」他突然答腔。

是了。先前我還不明白。原來她那跌宕多姿的聲音，魅力無窮的聲音，銀鈴似的聲音，鐃鈸合擊的聲音，全都是錢的聲音……她是住在白色城堡裡的公主，黃金打造的女郎……

湯姆從屋子裡走出來，手裡拿著一公升的酒，用毛巾捲著，黛西和嬌丹緊跟在後，兩人頭上戴著金屬光澤的窄邊小帽，手臂上挽著輕軟的披肩。

「開我的車去嗎？」蓋茲比提議。他摸了摸燙手的綠色皮椅。「早知道就停在樹蔭裡了。」

「你這是一般的變速器？」湯姆問。

「對。」

「這樣好了，你開我的跑車，我開你的車。」

這提議蓋茲比聽了很不是滋味。

「油好像不太夠。」他推辭說。

「很夠了。」湯姆粗聲粗氣地說。他看了看油表。「就算不夠，我可以半路找間藥局停下來。這年頭藥局什麼都賣。」

等在這句無聊話之後的是一片沉默。黛西皺著眉頭看著湯姆，蓋茲比臉上浮現一抹難以言喻的表情，明明是陌生到不能再陌生，卻又隱隱約約透露著幾分熟悉，彷彿在哪裡聽人家形容過。

「走吧，黛西。」湯姆摟著她上蓋茲比的車。「帶妳坐坐馬戲團的花車。」

他打開車門，但她掙脫他的懷抱。

「你帶嬌丹和尼克去吧，我們開跑車跟在後頭。」

她走到蓋茲比身邊，伸手撫摸他的外套。嬌丹、湯姆和我上了蓋茲比的車，三個人坐在前座，湯姆試了幾個檔位，車子立刻衝進悶熱的暑氣中，將他們遠遠甩在後頭。

「你們注意到沒有？」湯姆問。

「注意到什麼？」

他目光銳利地看著我，這才明白，原來我和嬌丹早就知道了。

「以為我很笨是吧？」他說。「就算我笨好了，但是我偶爾可以——見人所不見，從而得知下一步該怎麼做。說了你們可能不信，但是科學——」

他不說了。對未來的惶惑襲上他的心頭，將他從理論的深淵拉回來。

「我稍微調查了一下這個傢伙。」他接著說。「早知道就再調查得更深入一點……」

「你去找靈媒啦？」嬌丹打趣道。

「什麼？」他一臉困惑地看著我和嬌丹哈哈大笑。「找什麼靈媒？」

「我是說蓋茲比的事。」

「喔，蓋茲比啊！不是。我只是稍微調查了一下他的過去。」

「結果發現他是念牛津的。」嬌丹一搭一唱道。

「什麼牛津！」他一副鬼才相信的表情。「他媽的！念牛津的哪會穿粉紅色襯衫。」

「再怎麼說他都到過牛津啊。」

「到過新墨西哥州的牛津吧我看。」湯姆語帶鄙夷地說。「這還差不多。」

「我說，湯姆，既然你那麼勢利眼，幹嘛還邀他到家裡吃午飯？」嬌丹沒好氣地問。

「是黛西邀的；她在結婚前就認識他了。天曉得哪裡認識的！」

隨著酒意退去，大家脾氣愈來愈大，彼此看看情勢不對，索性閉嘴，默默開車。開著開著，艾科保醫生那雙掉漆的眼睛出現在路的盡頭，我想起蓋茲比警告過汽油可能不太夠。

「夠我們開到紐約了。」湯姆說。

「可是前面就有一間車行啊。」嬌丹跟他唱反調。「天氣這麼熱，我可不想半路熄火。」

湯姆不耐煩地踩了煞車，車身猛然一震，停在韋爾森的店招底下，揚起一片塵埃。過了一會兒，韋爾森從車行裡走出來，兩眼無神地看著我們的車。

「快加油啊！」湯姆惡聲惡氣地使喚他。「你以為我們停車幹嘛？看風景啊？」

「我身體不好。」韋爾森一動也不動。「病了好幾天了。」

「怎麼回事？」

「我身體垮了。」

「所以現在是要我自己來嗎？」湯姆凶巴巴地問他。「打電話來的時候精神聽起來很不錯嘛。」

韋爾森費了一番力氣，離開門框的支撐，從門口的陰影處走出來，一邊喘氣，一邊扭開油箱的蓋子。在太陽底下，他的臉看起來好綠。

「我不是故意要打擾你吃午飯。」他說。「但是我缺錢缺得厲害，在想你那台舊車到底是賣還是不賣。」

「你看這台怎樣？」湯姆問。「我上禮拜才買的。」

「黃得很漂亮。」韋爾森說著，一邊不忘加油。

「想買嗎？」

「哪有可能。」韋爾森微微一笑。「我才不買。不過你那部舊車，買進賣出倒可以賺一筆。」

「你要錢做什麼？這麼突然？」

「這地方我待不住了。我想換換環境，帶我太太到西部去。」

「你太太？」湯姆吃驚地說。

「這件事她吵了十年有了。」他靠著加油機休息一會兒，用手遮著太陽。「現在她無論如何都得去。我非帶她走不可。」

湯姆那輛跑車從我們身邊急馳而過，捲起滾滾塵土，車上的人還朝我們揮了揮手。

「要給你多少？」湯姆嚴厲地問。

「這兩天我聽到一件有趣的事，」韋爾森說，「因此我非走不可。所以才會拿車子的事情煩你。」

「要給你多少？」

「一塊兩毛。」

暑氣逼人，熱得我頭昏腦脹，原本還暗叫不好，但隨即便明白他還沒疑心到湯姆身上。近來他發現梅朵在車行之外另有天地，過著沒有他的人生，這讓他震驚不已，以致嚇出一身病。我瞧了瞧他，又瞧了瞧湯姆，不到一個鐘頭前，他也經歷了一樣的心路歷程；我心裡突然閃過一個念頭：人跟人之間的差異，不管智力也好、種族也好，都不如病人和健康的人之間的差異來得大。韋爾森病得歪歪倒倒，病出一臉心虛，彷彿犯了什麼不可饒恕的大罪，譬如搞大窮人家女兒的肚子之類。

「你要就賣給你吧。」湯姆說。「明天下午我派人開過來。」

午後的陽光如此耀眼，但是這一帶總是教人隱隱不安，我猛然回頭，彷彿有人叫我「小心後面」。在煤灰堆成的沙丘上方，艾科保醫生圓睜著眼守護這片大地；但是，過了一會兒，我察覺到還有另外一雙眼睛，在距離不到六公尺的地方，冒著火盯著我們看。

車行上方有一排窗戶，其中一扇的窗簾掀開了一角，梅朵．韋爾森就躲在後面盯著我們的車子。她全神貫注，渾然不知自己遭人窺視。情緒一層又一層地爬上她的臉，宛如沖洗照片時形影一層接一層地緩緩浮現。那表情好生面熟，常常在女人家臉上看到，但是出現在梅朵．韋爾森臉上卻顯得莫名其妙，我也說不上來，直到我注意到她兩隻眼睛瞠得大大的，妒火中燒，但卻不是盯著湯姆，而是盯著嬌丹．貝克，把她認成了他的太太。

直腸子的人不苦惱則已，一苦惱起來就驚天動地；我們駛離韋爾森的車行，恐慌熱辣辣地一鞭一鞭打到湯姆身上。一個鐘頭以前，他內摟嬌妻外擁情婦，本來好端端的，怎麼現在兩邊都不受控制起來。他直覺將油門踩到底，一則要趕上黛西，二則要將韋爾森遠遠拋在腦後；我們以一小時八十公里的速度飆向皇后區的阿斯托里亞，一直要到鋼梁縱橫如蛛網的高架橋底下，才看見那輛藍色跑車寫意地馳騁在前方。

「五十街上那幾家大戲院都很涼爽。」嬌丹提議道。「我喜歡夏天午後的紐約，空蕩蕩的，人不知跑哪去了，氣氛特別誘人——有種熟透的滋味，手一伸，大大小小的果子全都掉下來。」

「誘人」這兩個字讓湯姆更加不安，但還來不及抗議，前方的跑車便停了下來，黛西打手勢，要我們上前跟他們並排。

「我們要去哪裡？」她喊道。

「去看電影如何？」

「大熱天的。」她抱怨。「你們去吧。我們去兜幾圈，晚一點再碰頭。」她努力擠出一點幽默。「看是要約在哪個路口等，這次換我當男人，在路旁抽他個兩根香菸。」

「別在這裡談這個吧。」湯姆不耐煩地說，一台卡車在我們身後猛按喇叭。「你們跟我走，到中央公園南邊的廣場飯店。」

他頻頻轉頭，看他們的車子有沒有跟上，如果發現他們落在車陣後面，便立刻放慢車速，直到他們回到視線範圍內為止。我想他是害怕他們會鑽進哪條巷子，永遠走出他的人生。

但是沒有，而我們也莫名其妙地沒看成電影，反倒在廣場飯店開了一間套房，大家一起賴在客廳。

在終於決定開這個套房之前，大家吵吵嚷嚷了好一陣子，吵什麼我記不得了，但在吵鬧的過程中，有件事情我印象特別深刻——就是我的內褲宛如一條黏黏滑滑的蛇，在我兩腿之間爬來爬去，冰涼的汗珠不時滑過我的背脊。真要追究起來，開房間的主意是黛西起的頭，她提議要租五間浴室，讓大家泡一泡冷水澡，後來愈講愈像回事，還說什麼要「找個喝薄荷冰酒的地方」，大家聽了，你也說「太扯」，我也說「太扯」，一時之間，眾人七嘴八舌搶著跟滿頭霧水的櫃台人員交涉，（假裝）自以為幽默……

套房又大又悶，都已經下午四點了，打開窗戶，卻只有一股熱風從底下中央公園的樹叢裡撲上來。黛西走到鏡子前面，背對著大家弄起頭髮來。

「這套房真氣派。」嬌丹故意壓著嗓子讚嘆道，逗得大家都笑了。

「再開一扇窗戶吧。」黛西頭也不回地吩咐。

「已經全都打開了。」

「那打電話差人送斧頭上來——」

「心靜自然涼。」湯姆不耐煩地說。「在那邊一直抱怨，只會更熱而已。」

他解開毛巾，把那瓶威士忌擺在桌上。

「你就不要為難她了吧，兄弟？」蓋茲比說。「不是你自己說要來紐約的嗎？」

一片沉默。掛在釘子上的電話簿突然掉下來，「霍」一聲摔在地上。嬌丹又壓著嗓子「抱歉」連連，但這次大家都笑不出來。

「我來撿吧。」我主動說。

「我來。」蓋茲比撿起電話簿，研究了一下書脊的釘書線，口中「嗯哼」了一聲，一副很感興趣的樣子，然後把電話簿往椅子上一扔。

「你的口頭禪挺時髦的嘛？」湯姆尖銳地說。

「什麼口頭禪？」

「你不是『兄弟』、『兄弟』地叫個不停嗎？哪裡學來的啊？」

「我說湯姆，」黛西對著鏡子轉了個身，「你道人長短我馬上就走。打電話叫人送冰塊上來，好做薄荷冰酒。」

湯姆拿起話筒，濃到化不開的暑氣應聲爆炸，孟德爾頌的《結婚進行曲》，氣勢磅礴地從樓下的舞廳傳上來。

「熱成這樣是怎麼結婚！」嬌丹悶悶地說。

「可是——我就是在六月中結婚的。」黛西回憶道。「路易斯維爾的六月多熱啊！還有人昏倒了。是誰昏倒了啊，湯姆？」

「拜洛希。」他沒好氣地說。

「那男的姓拜洛希，綽號『方方』，家裡是做箱子的——我說真的——而且他老家就在田納西州的拜洛希市。」

「他後來被抬到我家，」嬌丹在一旁補充，「因為我家就在教堂隔壁。他這一住就是三個禮拜，後來是我爸趕他走他才走；結果他一走，我爸就過世了。」過了一會她加上一句：「他離開跟我爸的死沒有關係。」

「我以前有個朋友叫比爾．拜洛希，老家在田納西州孟菲斯市。」我說。

「那是他堂兄。他住在我家那段期間，我把他家的底細都摸清楚了。他送了我一支鋁製高爾夫球桿，我一直用到現在。」

《結婚進行曲》奏完，婚禮正式開始，一陣長長的歡呼從窗口飄進來，接著是此起彼落的「耶——呀比——」，最後爆出一串爵士樂，舞會開始了。

「我們都老了。」黛西說。「換作年輕的時候，我們早就站起來跳舞了。」

「別忘了我們在講拜洛希的事。」嬌丹警告她。「你從哪裡認識來的啊，湯姆？」

「拜洛希？」他努力回想了一下。「我不認識他。他是黛西的朋友。」

「他哪是，」黛西矢口否認，「我根本沒見過他。他是跟著你的車隊下來的。」

「呃，他說他認識妳，說是在路易斯維爾長大的。我們動身前一分鐘，亞薩．柏德才帶他來，問我們有沒有位子讓他坐。」

嬌丹笑了。

「看來是個坐霸王車的。他跟我說他唸耶魯，還是你們班的班長。」

湯姆和我面面相覷，一臉茫然。

「拜洛希？」

「我們根本沒有班長，此其一——」

蓋茲比一隻腳不安地踏了幾下，湯姆的眼神立刻射過去。

「對了，蓋茲比先生，聽說你是牛津畢業的。」

「不算是。」

「怎麼會？聽說你在那裡念書啊。」

「我是在那裡念書沒錯。」

一陣沉默後，湯姆換上一副懷疑的口吻，擺明要使人難堪地說：「你念牛津的時候，差不多就是拜洛希念耶魯的時候吧。」

又是一陣沉默。服務生敲了敲房門，端著搗碎的薄荷和冰塊走進來，然而室內的沉默並未因他那聲「謝謝」而打破，他輕輕帶上房門，將死寂留在房中。那個重大的小細節，終究要水落石出。

「我都說了我在牛津念過書。」蓋茲比說。

「我知道，但是什麼時候？」

「一九一九年的時候，我只念了五個月，所以稱不上是牛津畢業的。」

湯姆環顧眾人，看大家是不是都跟他一樣面露懷疑。可是我們的視線全落在蓋茲比身上。

「那是停戰後他們為一些軍官安排的機會，」他繼續解釋道，「讓我們任選到英國或法國的大學念書。」

我想站起來，走上前在他背上拍一下。我對他又重拾信心，就像之前一樣。

黛西站起來，淺淺一笑，走到餐桌旁邊。

「把威士忌打開吧，湯姆。」她吩咐道。「我來做薄荷冰酒給大家喝。看看喝完你會不會聰明些……看看這些薄荷。」

「等一等。」湯姆口氣很衝。「我還要再問蓋茲比一個問題。」

「請。」蓋茲比客氣地說。

「你到底想在我家製造什麼家庭糾紛？」

終於還是攤牌了，這下蓋茲比滿意了。

「製造家庭糾紛的人不是他。」黛西無奈地看看湯姆又看看蓋茲比。「製造家庭糾紛的人是你。拜託你收斂一點。」

「收斂！」湯姆滿腹狐疑地說。「看著無名小卒對著自己的太太大獻殷勤，還要我裝出若無其事的樣子！如果現在時興這一套，我是說什麼也不會跟進的……這年頭大家都對家庭制度嗤之以鼻，再這樣下去，遲早會亂無綱紀，就算黑人和白人通婚也不希奇。」

他激動得面紅耳赤、語無倫次，猛一回神，才發現只有自己孤零零一個人，守著文明的最後一道防線。

「我們這裡哪來的黑人。」嬌丹低聲咕噥。

「我知道自己人緣不好，從不大開宴會。在現代這個社會要交朋友，非得把家裡弄成豬圈不可。」

我雖然氣得火冒三丈（我想大家都一樣），但只要他一開口我就想笑。我們玩世不恭的浪蕩子，這下竟然道貌岸然起來了。

「我告訴你吧，兄弟——」蓋茲比才起了個頭，黛西就猜到他的心思了。

「拜託不要！」她無助地說。「我們回家去吧。待在這裡幹嘛呢？」

「說的也是。」我起身。「走吧，湯姆，根本沒人想喝酒。」

「我想知道蓋茲比先生究竟想對我說什麼。」

「你的枕邊人愛的不是你。」蓋茲比說。「她從來沒愛過你。她愛的是我。」

「你是瘋了是不是。」湯姆不假思索衝口而出。

蓋茲比從座位上跳起來，興奮得精神為之一振。

「她從來沒愛過你，明白了嗎？」他提高音量。「她當初嫁給你是因為我太窮，她不知道要等我等到哪時候。她犯了可怕的錯誤，但她從來沒愛過別人，心裡始終只有我！」

嬌丹和我都想走了，湯姆和蓋茲比卻出言挽留，口氣一個比一個強硬，兩個人都毫無保留地豁出去了，我們能在場感染他們的情緒，彷彿是我們的榮幸。

「坐下，黛西。」湯姆試著揣摩著嚴父的口氣，但是揣摩不出來。「這是怎麼回事？我要聽妳親口說。」

「我來告訴你怎麼回事吧。」蓋茲比說。「這件事少說也五年了——你卻毫不知情。」

湯姆氣憤地轉向黛西。

「妳跟這傢伙幽會了五年？」

「不是幽會。」蓋茲比說。「我們相隔兩地，但是，兄弟，我們始終深愛著彼此，而你卻毫不知情。我以前不時會啞然失笑——」但是他眼底毫無笑意，「笑你什麼都不知道。」

「喔——就這樣。」湯姆像個牧師似的，將十根粗手指頭合掌在胸前，往後靠回椅背上。

「你真的瘋了！」他突然爆出聲來。「五年前的事我無話可說，當時我根本不認識黛西——但是打死我也猜不到你是怎麼接近她的，除非你是她家的送貨小弟。除此之外，你說的話我都當放屁。黛西是因為愛我才嫁給我，她現在愛的也是我。」

「她愛的不是你。」蓋茲比邊說邊搖頭。

「隨便你怎麼說，反正她愛的還是我。問題是她有時候會胡思亂想，搞不清楚自己在做什麼。」他睿智地點了點頭。「黛西愛我，我也愛她。我偶爾會玩過頭、出洋相，但我總是會回來，心裡最愛的也始終是她。」

「真教人噁心。」黛西說著，轉過頭來看著我，聲音比平常低了八度，整個客廳都是她對湯姆的譏諷，讓人聽了不寒而慄。「你知道我們為什麼離開芝加哥嗎？他玩過頭的故事那麼精采，他們居然沒跟你說，我好驚訝。」

蓋茲比走去站在她身邊。

「黛西，都過去了。」他真誠地說。「以前的事怎樣都無所謂了，妳就對他實話實說吧——說妳從來沒有愛過他，過去的事就當從來沒有發生過。」

她不解地看著他。「啊？我怎麼可能……怎麼可能愛他呢？」

「妳從來沒有愛過他。」

她遲疑了一下，看看嬌丹，再看看我，用眼神向我們求助，彷彿直到這一刻她才明白自己在做什麼，彷彿她從沒想過事情會走到這一步。但是木已成舟，後悔也來不及了。

「我從來沒有愛過他。」看得出來她說得很勉強。

「去夏威夷那次，妳不愛我嗎？」湯姆突然盤問起來。

「不愛。」

樓下舞廳的樂聲，悶悶地，模模糊糊地，隨著熱氣傳了上來。

「那我怕妳鞋子弄溼，把妳從龐奇包爾火山口抱下來那次呢？」他的聲音沙啞中帶著溫柔……「黛西？」

「不要說了。」她的聲音雖然冷漠，但已經不再帶有敵意。她看著蓋茲比。「傑，來。」她嘴巴上雖然這麼說，幫他點菸的手卻一直發抖。突然，她手一甩，香菸和點燃的火柴都掉在地上。

「喔，你太貪心了！」她對著蓋茲比嚷嚷。「我現在就只愛你一個，這樣還不夠嗎？過去的事都過去了。」她開始抽抽答答哭了起來。「我的確愛過他——但我也愛你啊。」

蓋茲比先是張大眼睛，然後又慢慢閉上。

「妳也愛我？」他複述她的話。

「就算是也是哄你的。」湯姆殘酷地說。「她連你是死是活都不知道。怎樣，黛西跟我之間有些事，是你一輩子都不會知道的，我們想忘也忘不掉。」

湯姆的話彷彿會咬人，一字一句咬在蓋茲比身上。

「我想跟黛西私下談談。」他硬撐著說。「她現在情緒太激動——」

「就算是私底下，我也不能說我從來沒愛過湯姆。」她的聲音聽了真教人鼻酸。「那不是我的真心話。」

「當然不是真心話。」湯姆附和道。

她轉向她丈夫。

「講得好像你在乎似的。」她說。

「我當然在乎。從這一刻起我會好好照顧妳。」

「你還是不明白。」蓋茲比的語氣染上了點驚慌。「你以後犯不著照顧她了。」

「犯不著?」湯姆睜圓了眼,放聲大笑。他穩住了陣腳。「怎麼說?」

「黛西要離開你了。」

「胡說。」

「但我真的要離開你了。」她這話說得很吃力。

「她不會離開我的!」湯姆的話突然排山倒海而至,壓過了蓋茲比。「她絕對不會為了一個騙子離開我的!他還得去偷去搶,才能弄到一枚戒指為妳戴。」

「不許說這種話!」黛西喊起來。「喔,拜託,我們回去吧。」

「你算哪根蔥?」湯姆破口大罵。「不就是梅耶.沃爾夫西恩那幫狐群狗黨嘛!真不巧被我發現了。我已經調查過你的底細——明天再派人去打聽得更細一點。」

「愛打聽就盡量去打聽吧，兄弟。」蓋茲比沉穩地說。

「我已經打聽出你的『藥局』做的是什麼生意了。」他轉向我們，飛快地說。「他和那位沃爾夫西恩先生買下了我們本地和芝加哥巷道裡的藥局，掛羊頭賣狗肉地賣起私酒來。這就是他的騙術之一。我第一眼看到他就猜他是私酒商人，倒也猜得八九不離十。」

「那又怎樣？」蓋茲比禮貌地請教。「你的朋友沃特．雀斯不也很驕傲來湊了一腳嘛。」

「還說呢，你們可把他害慘了，讓他在紐澤西吃了一個月的牢飯。老天！你真該聽聽沃特怎麼說你的！」

「他口袋空空地跑來找我們，能賺到錢他高興都來不及了，兄弟。」

「誰跟你『兄弟』！」湯姆怒道。蓋茲比沒回話。「沃特本來可以告你違法賭博，卻給沃爾夫西恩嚇得不敢出聲。」

蓋茲比的臉上又出現了那陌生卻又似曾相識的表情。

「你們那藥局生意還只是小意思。」湯姆一個字一個字慢慢地說。「天知道你們現在又在搞什麼鬼，沃特嚇得都不敢說。」

我偷瞄了黛西一眼，她目露驚懼之色，一會兒看看蓋茲比，一會兒望望她丈夫；我又瞧瞧嬌丹，這會兒她又不知在下巴上面頂著什麼東西，頂得好不專心。我轉過頭去瞧蓋茲比，他的表情讓我大感詫異，看起來好像（我是很鄙視他花園裡那些流言蜚語的）「殺過人」。在那一瞬間，他的表情就只能用這浪漫的臆想來形容。

那副殺人的表情一閃即逝，他開始激動地向黛西解釋，撇清種種說法，搶著替自己辯護，連沒有人控訴他的罪狀也一併抵賴。他愈解釋，黛西就愈退縮，最後只能放棄，徒留死去的美夢兀自掙扎，任憑無情的午後悄悄流逝，他還想觸及那無法觸及的，因此快快不樂地掙扎著，因此不死心地想將那已經不屬於他的聲音占為己有。

聲音又在那裡央求了。

「拜託，湯姆，求求你不要這樣。」

從她那驚懼的眼神，可見她原本的意圖和勇氣都已經化為泡影。

「你們兩個先回去吧，黛西。」湯姆說。「搭蓋茲比先生的車回去。」

她慌張地看了湯姆一眼，但是他堅持己見，還假裝很有肚量地嘲諷她。「走吧。他不敢惹妳的。我想他已經明白，不敢再跟妳曖昧造次了。」

他們就這樣走掉了，一句話也沒說，「啪」一聲便不見人影，宛若不期而遇的孤魂，連我們的同情也不收。

過了一會兒，湯姆起身，用毛巾將尚未開瓶的威士忌包起來。

「要來一點嗎？嬌丹？……尼克？」

我沒回他。

「尼克？」他又問了一次。

「什麼？」

「來一點？」

「不用了……我剛想到，今天是我生日。」

我滿三十歲了。鋪展在我眼前的是一條布滿荊棘的道路，吉凶未卜的下一個十年。

七點鐘，我們上了湯姆的跑車，動身返回長島。湯姆一路上喋喋不休，放聲大笑，好不得意，但是對我和嬌丹而言，他的聲音是那麼地遙遠，宛如紅磚道上陌生人的喧譁、頭頂上方高架橋車潮的擾攘。人的同情是有限度的，我們情願讓他們悲哀的爭論，隨著紐約的燈火一同隱沒。三十歲——未來是十年的孤寂，單身的朋友愈來愈少，興奮的事情愈來愈少，頭髮，也愈來愈少。但至少我的身邊還有個嬌丹，她不像黛西，她太世故，不會年復一年守著久經遺忘的美夢。我們駛過漆黑的皇后大橋，她蒼白的小臉隔著外套枕著我的肩，霎時間，三十歲帶給我的恐怖震撼，在她掌心重量的安慰下慢慢退去。

我們在微涼的暮色中駛向死亡。

警方問案時，希臘青年馬羅．麥可利斯是主要目擊者，他在灰燼谷旁邊開了一家咖啡鋪，那天下午很熱，他睡到五點才醒來，醒來後踱步到車行，發現喬治．韋爾森坐在辦公室裡，著實病得不輕，一臉慘白，渾身發抖。麥可利斯勸他到床上躺著，但是韋爾森不聽，說是生意會跑掉。就在麥可利斯好言相勸時，樓上忽然大吵大鬧起來。

「我把我太太鎖在樓上。」韋爾森心平氣和地解釋道。「後天放她出來，然後就要搬家了。」

麥可利斯聽了大吃一驚；當了四年鄰居，從沒想過韋爾森竟然會說出這種話。韋爾森總是無精打采，不是在工作，就是搬了張椅子坐在門口，呆望著路上往來的人車；人家找他攀談，他就淡淡一笑，一副好好先生的嘴臉。他凡事以老婆為重，沒有自己的主張。

因此，麥可利斯當然想知道發生了什麼事，但是韋爾森死也不肯說，反倒用狐疑的眼光打量起麥可利斯，問他某月某日幾點幾分做了些什麼事；麥可利斯給問得渾身不自在，碰巧幾個工人從門前經過，往咖啡鋪的方向走，他趁機脫身，原本想晚一點再回來，但沒有再回去。他想不過就是忘了，如此而已。等到晚上七點多，他從咖啡鋪走出來，這才想起韋爾森說的話，因為隔壁車行傳來韋爾森太太破口大罵的聲音。

「你打啊！」他聽見她嚷著。「儘管揍、儘管打吧，你這下流的窩囊廢！」

不一會，她從車行衝出來朝暮色奔去，雙手亂揮，嘴裡亂叫，他還來不及上前，悲劇就發生了。

那輛「凶車」（報紙上說的）連停都沒停，就這樣從低垂的夜幕中衝出來，悲慘地晃了一下，便揚長而去，消失在下一個彎道。馬羅・麥可利斯連車子的顏色都看不清楚，還跟率先趕到的刑警說是淺綠色。失事現場另有一部車，原本開往紐約，一看不好，便在離肇事地點九十公尺的地方停下來，駕駛下車後急忙往回走，只見梅朵・韋爾森跪在地上，濃血和著泥土，一命嗚呼。

麥可利斯和這位駕駛是第一個發現她的屍首的，他們一掀開她汗溼的襯衫，看見她的左乳像扁扁的魚腮鬆鬆地垂著，就知道也不必去聽底下的心跳了。她的嘴巴張得大大地，嘴角微裂，彷彿是先嗆到，才吐出最後一口氣，將貯藏已久的活力還諸天地。

我們還沒開到，就看見三、四輛車停在車行門口，周圍站著一群人。

「車禍啊！」湯姆說。「也好。韋爾森終於有生意可以做了。」

他放慢車速，但是沒有要停車的意思，直到車子駛近，發現人人面色凝重、屏氣斂聲，他才不自覺地踩了煞車。

「我們下車看一下。」聽來他起了疑心。「看一下就好。」

這時，我才聽到悶悶的嗚咽，一聲接著一聲，嗚嗚嗚地從車行裡傳出來；待我們下了車走到車行門口，那陣嗚咽轉為抽抽答答的哭訴，「喔，我的天啊」、「喔，我的天啊」，像這樣反反覆覆。

「出大事啦。」湯姆興奮地說。

他踮著腳尖湊過去，視線越過一圈人頭往裡望，車行裡只點了一盞暈黃的燈，搖搖晃晃地，掛在鐵絲罩裡，從天花板上垂下來。他從喉頭嘶啞了一聲，兩隻孔武有力的手臂一推，從人堆裡開出一條路。

那條路才推開，便在此起彼落的抗議聲中合攏起來；接下來約莫一分鐘，我什麼也看不見。幾個新來的打亂了看熱鬧的隊伍，嬌丹和我忽然被擠了進去。

梅朵・韋爾森的屍首裹著毯子，一層，又一層，彷彿在這悶熱的夜晚受了風寒，供在靠牆的工作檯上，湯姆背對著我們，彎著腰，一動也不動，旁邊站著騎機車趕來的警察，一邊汗如雨下，一邊謄抄證人的名字，不時在那小簿子上塗塗改改。那高亢的呻吟聲在空蕩蕩的車行裡回響著，起先我還找不到聲音的來源，後來才看見韋爾森站在辦公室的門檻上，兩手抓著門框，身子前後搖晃。一旁有人低聲同他說話，偶爾搭搭他的肩膀，但是韋爾森一概視而不見、充耳不聞，兩隻眼睛緊盯著搖搖晃晃的燈泡，接著垂下眼皮，視線慢慢踱到牆邊桌上，一看，眼皮一翻，又盯回那盞燈，嘴裡不忘高聲哭喊：「喔我的天啊，喔我的天啊，喔我的天啊，喔我的天啊！」

忽然，湯姆猛一抬頭，兩眼無神地四下環顧，接著便沒頭沒腦地對身旁的警察嘀咕起來。

「M——A——V——」警察嘴裡念著，「——O——」

「不對，是R——」那人糾正道。「M——A——V——R——O——」

「聽我說！」湯姆壓著嗓子喝斥道。

「R——」警察說。「O——」

「G——」

「G——」湯姆一把抓住警察的肩膀，對方抬起眼皮，問：「幹嘛，你這傢伙？」

「出了什麼事？——我要知道。」

「車禍。當場死亡。」

「當場死亡。」湯姆嘴裡默念，兩眼發直。

「她衝到馬路上。那王八蛋，撞了人就跑。」

「當時有兩台車。」麥可利斯說。「一台來，一台去。」

「去哪裡？」警察急忙追問。

「兩台正好不同方向。呃……她……」他舉起手，本來想指向那捆毯子，但隨即又軟了下去。「她衝出來，撞上紐約來的那台車，時速少說有五、六十公里。」

「這地方叫什麼名字?」

「沒有名字。」

一個衣著體面的黑人鐵青著臉,上前一步。

「那台車子是黃色的。」他說。「很大一台,全新的。」

「你在車禍現場?」警察問他。

「沒有,但那台車超了我的車,我看時速不只六十公里,少說也八、九十。」

「到這邊來,留下你的姓名,讓一讓,我要抄他的名字。」

想來這段對話準是傳到了韋爾森耳裡,他本來還在門口前俯後仰,抽抽答答,突然卻迸出一段話。

「不用告訴我那是什麼車!我知道那是什麼車!」

我轉向湯姆,看到他外套底下肩胛的肌肉一緊,快步走向韋爾森,在他面前停下來,一把抓住他的肩膀。

「你鎮定一點。」他用沙啞的聲音安撫他。

韋爾森一看是湯姆,腳一踮,膝蓋一軟,幸虧湯姆扶住。

「你聽我說。」湯姆輕輕搖著韋爾森的肩膀。「我剛從紐約過來。我把我們說好的跑車開來了。今天下午那台黃色車子不是我的，聽到了嗎？那輛車我後來就沒看到了。」

他這幾句話，只有那位黑人和我站得夠近，可以聽得一清二楚，但是警察聽出語氣有異，立刻投以銳利的目光。

「這是在幹嘛？」警察質問。

「我是他朋友。」湯姆回過頭，手依然抓著韋爾森不放。「他說他知道肇事的是哪台車……是一台黃色的車。」

警察憑著一股莫名的衝動，狐疑地朝湯姆看了一眼。

「你的車是什麼顏色？」

「藍色，是一台跑車。」

「我們一路從紐約開來的。」我說。

開在我們後方的人出來做了證，警察掉頭轉身。

「好，請再把你的名字清清楚楚地跟我說──」

湯姆像拎玩偶似的，把韋爾森拎進辦公室，讓他在椅子上坐好，自己再走出來。

「誰進去陪他？」他發號施令，直視眾人，離他最近的那兩位對看了一眼，不情不願地朝辦公室挪動腳步，才進去，湯姆立刻把門關上，步下台階，眼神刻意避開牆角的工作檯。他經過我身邊，低低說了聲：「走吧。」

圍觀的群眾愈聚愈多，他霸道地在前頭開路，忸怩不安地從人潮中擠出去，一位醫生正好提著公事包，匆匆忙忙地趕進來，半個小時前，不知是誰明知無望，還是打電話差了人來。

湯姆開得很慢很慢，駛過彎道，忽然他把油門一踩，跑車倏地飆進夜色裡，不一會，我聽見一陣低沉沙啞的嗚咽，轉過頭，這才發現湯姆淚流滿面。

「他媽的孬種！」他哽咽地說。「連停下來看一看都沒有！」

勃肯南的豪宅忽然從颯颯作響的漆黑樹叢間湧現，湯姆在門廊前停下來，抬頭往上望，二樓有兩扇窗戶亮著燈，燈光從藤蔓間透出來。

「黛西到家了。」他說。我們下車時，湯姆眉頭一皺，朝我瞥了一眼。

「我剛剛應該讓你在西卵下車的，反正今晚也沒戲唱了。」

他像變了一個人，語氣嚴肅且果決。我們走過月光瀉地的碎石子路，他只消三言兩語，便爽快打發了這個問題。

「我打個電話叫車送你回去吧，等車的時候，你就跟嬌丹到廚房，叫他們給你們準備點晚餐──如果有胃口的話。」他打開門。「來吧。」

「不用麻煩了，謝謝，但還是麻煩你幫我叫部車，我就在外面等吧。」

嬌丹按著我的胳臂。

「真的不進來嗎，尼克？」

「不用了，謝謝。」

我覺得一陣噁心，想一個人靜一靜。但是嬌丹又陪了我一會兒。

「時間還早，才九點半。」她說。

要我進去，倒不如要我死了乾脆；這些人！今天一整天，我真是受夠了！一時間，竟連嬌丹也面目可憎了起來；她準是從我的表情看出了端倪，只見她轉身跑上台階，一溜煙鑽進屋子裡。我就地坐下，把頭埋進手裡；幾分鐘後，屋內有人拿起話筒，管家在替我叫車了。我站起來，沿著車道慢慢走遠，打算走到大門等車去。

我還走不到二十公尺，就聽見有人叫我的名字，蓋茲比從樹叢間冒出來，往車道中間一站；我想我當時一定是昏了頭，什麼不好想，只想到他的粉紅色西裝，在清朗的月光底下熠熠生輝。

「你在這裡做什麼？」我問。

「沒什麼，不過就站著罷了，兄弟。」

不知道為什麼，我覺得他的舉止好卑鄙。就我對他的了解，他隨時會對勃肯南家趁火打劫，就算「沃爾夫西恩那幫狐群狗黨」從他身後那片漆黑的林子裡冒出來，我也不會訝異。

過了一分鐘，他說：「路上出事了，你看到了嗎？」

「看到了。」

他遲疑了一下。

「她死了？」

「死了。」

「跟我想的一樣；我就跟黛西說了。我想與其提心吊膽，不如直接嚇破膽。不過她聽了倒是挺鎮定的。」

聽他的語氣，彷彿世界上最要緊的就是黛西的反應。

「我抄小路回到西卵，把車開進車庫裡停好。」他接下去說。「我想沒人看到我們，但這種事誰也說不準。」

聽到這裡，我已經討厭他討厭到了極點，連他錯了都懶得跟他說。

「那女人哪來的？」他問。

「她姓韋爾森，先生是開車行的。事情怎麼會鬧成這樣，你倒是說說看啊？」

「哎，我本來想把方向盤扳過來的——」他說到一半突然住口，我立刻猜到是怎麼一回事。

「當時開車的是黛西？」

「是。」他隔了一會才鬆口。「但要是問起來，我當然會說是我。你也知道，下午離開紐約的時候，她的情緒非常激動，以為開車可以鎮定情緒——誰知道那女人突然衝出來，而且迎面又開來另一輛車。一切都發生得倉促。她看起來好像有話要對我們說，把我們誤認成熟人。黛西最初的反應是閃開，但眼看對面的來車就要撞上來，又趕緊把車頭拉回來，我伸手要幫她，手指才碰到方向盤，車身立刻感到撞擊的力道。我想她一定當場死亡。」

「她給撞出了一個大窟窿——」

「別說了，兄弟。」他的表情抽搐了一下。「總之，黛西就這樣輾了過去。我要她停車，但她根本停不下來，我只好緊急煞車，她整個人倒進我懷裡，由我接手開下去。」

「明天她就會沒事了。」他突然補了一句。「我要在這裡站著，看他會不會拿下午的事為難她。她把自己反鎖在房間裡，他要是敢動粗，她就把房間燈一關一開，作為信號。」

「他不會動她一根汗毛的。」我說。「他才沒那個心情理她。」

「我就是信不過他，兄弟。」

「你要站到什麼時候？」

「如果有必要，站到天亮也無妨。至少站到他們都睡了吧。」

我靈光一閃。如果湯姆發現開車的是黛西怎麼辦。他八成會胡思亂想，什麼事他都想得出來。我回頭望了望，他家樓下有兩三面窗戶透著燈光，二樓黛西的房間映著一片紅霞。

「你在這裡等著。」我說。「我去看看有什麼動靜。」

我沿著草坪的邊緣往回走，輕手輕腳，橫過了碎石子路，踮起腳尖，順著門廊前的台階拾級而上。客廳窗簾大敞，見到裡頭沒人，我穿過陽台（三個月前的六月傍晚，我們才在這裡共進晚餐），忽然瞧見一方燈光，八成是食品儲藏室，窗戶的百葉簾嚴嚴實實地拉著，但是和窗台之間有一條罅隙。

黛西和湯姆面對面分坐在廚桌兩邊，中間擺著一盤炸雞和兩瓶麥芽啤酒，他隔著桌子，說得口沫橫飛，態度之誠懇，不知不覺便把手擱在她手上。偶爾她也抬起眼皮，瞧他一眼，點頭表示同意。

他們並不快樂，桌上的炸雞和啤酒動也沒動，但也不是真的不快樂；他們之間有一股天生的默契，錯不了的，任誰看到這幅景象，都會說他們串通一氣，不知在算計什麼。

我躡手躡腳步下台階，聽見計程車正沿著漆黑的馬路摸索前進，朝勃肯南家開過來。蓋茲比還站在車道上等我。

「沒動靜？」他著急地問。

「沒動靜。」我頓了一下。「你也趕緊回家睡覺吧。」

他搖搖頭。

「我要等到黛西睡了才走。晚安，兄弟。」

他把手伸進口袋，急忙轉身去監視那幢房子，彷彿我的存在有損他神聖的使命。我走了，留他一個人站在月光裡，空守著一切。

Chapter 08
第八章

我整夜無法成眠；海灣上的霧角響個不停，我在猙獰的現實和野蠻的夢境之間翻來覆去。天快亮的時候，我聽見計程車駛進蓋茲比家的車道，跳下床、換衣服，一心想著有事要告訴他、要警告他，等到天亮就太遲了。

我穿過草坪，看見他家正門大敞，他斜靠在大廳的桌緣，或許因為灰心，或許因為無眠，看起來很沉重。

「沒事。」他有氣無力地說。「我一直等到四點，她走到窗邊，站了一分鐘，接著就把燈熄了。」

他家雖然大，但是那天晚上顯得特別大，我們穿過一間又一間偌大的廳室，想找根香菸來抽。我們推開帳篷似的幃幔，在漆黑的牆面上無止盡地摸找電燈的開關——忽然我腳下一絆，在幽靈似的琴鍵上濺起了水花。屋子裡無緣無故到處是灰塵，飄散著一股霉味，彷彿密不通風了好幾天。最後我在一張陌生的桌上找到一只菸盒，裡頭擺著兩根乾癟的香菸。我們打開客廳的落地窗，坐下來對著夜色吞雲吐霧起來。

「你快走吧。」我說。「他們遲早會追查出那部車是你的。」

「現在要我怎麼走得開呢，兄弟？」

「你可以到大西洋城住一個禮拜，或者北上加拿大避一避也好。」

他連考慮都不考慮。在知道黛西的下一步之前，他說什麼也不肯走，手中緊緊抓著最後一絲希望，我怎麼忍心要他鬆手。

就在這樣的夜裡，他把當年跟隨丹恩．考迪的奇聞軼事說給我聽，反正「傑．蓋茲比」的形象已經像玻璃一樣，給湯姆不懷好意的鐵石心腸撞個粉碎，他再也沒有心力去撐起過去那盛大的排場。照他此刻的心情，我想不論問他什麼事他都願意和盤托出，但是他一心只想談黛西的事。

她是他第一個認識的「好」女孩。以前他曾經隱藏身分，用盡各種方法跟上流社會的人打交道，但是每一次總像隔著一張鐵絲網，唯有她深深吸引了他。他到過她家好幾次，起初是和泰勒軍營的軍官一道去，後來是自己去。他真的大開眼界──這麼漂亮的房子，他還是第一次見到；不過真的讓他喘不過氣的，是黛西居然住在這麼漂亮的地方，而這房子之於她，竟如同軍營的帳篷之於他那樣，一點也不足為奇。這地方透著一股成熟的神祕，示意他，樓上的閨房是前所未見的富麗涼爽；暗示他，走廊上有著無盡的歡樂和裊裊的歡笑；默示他，這裡的愛情還沒陳腐，不需要擺放樟腦和薰衣草，這裡的愛情新鮮、會呼吸，比今年剛上市的汽車還閃亮，比花朵永不枯萎的舞會還清新。想到曾經那麼多人追過黛西，他就興奮不已——這提高了她在他眼中的身價。他感覺到那些追求者的存在，感覺到他們熱烈的情感化成了陰影和回音，在空氣中瀰漫。

但是他心裡很清楚，他進得了黛西家門純粹是意外中的意外。不論「傑．蓋茲比」的未來多麼光明，現在的他只不過是個身無分文的窮小子，既沒有家世背景，身上那件隱匿他真實身分的軍服也隨時會脫去。所以他抓緊時間、見縫插針，狼吞虎嚥、不顧後果，於是，在一個十月的靜夜，他占有了她；他占有了她，只為他連牽她的手都不配。

或許，他應該唾棄自己，唾棄自己假借名義占有了她。我不是說他打腫臉充胖子，假裝自己家境殷實，但是他故意讓黛西安心，以為他和她門當戶對，贍養她不成問題。其實他哪來的本事，背後既沒有富爸爸撐腰，二來哪天無情的政府突發奇想，就能把他吹到天涯海角。

但是他沒有唾棄自己，事情的發展也出乎他的意料之外。本來他只是想且戰且走，沒想到一回神，自己卻成了追尋聖杯的騎士。他知道黛西不平凡，但是一個「好」女孩可以多不平凡，他卻一無所知。她隱入她富裕的家門，過著她富裕充實的生活，獨留蓋茲比在門外——一無所有。而他對她，竟是以身相許了。

兩天後，他們再次見面，喘不過氣的反而是蓋茲比，他覺得自己……被背叛了。她家的陽台閃爍著星光，那是金錢才買得到的奢華；她轉身面向他，他吻她，那可愛奇妙的小嘴巴，一時間，就連長椅也時髦地啾啾作響。那天她著了涼，聲音比平常更加性感沙啞，蓋茲比深切地領悟到，華服如何讓人不俗，財富如何讓人神祕莫測、青春永駐，而黛西又如何如銀幣般閃爍，安穩地居高臨下，俯瞰窮人熾熱的奮鬥。

「我無法形容我有多驚訝，兄弟，我發現她愛上了我。我曾經一度希望她把我甩了，但是她沒有，因為我愛她，她也愛我。她以為我懂很多，因為我懂的她都不懂……總之，我忘了我的萬丈雄心，一天一天陷入愛河，突然間，我什麼都不在乎了。何必去做什麼了不起的事，在她耳邊編織未來不是更快樂嗎？」

出國前那個午後，他把黛西攬在懷中，兩個人靜坐了好久好久。秋寒料峭，室內生了火，烘得她兩頰緋紅。她偶爾挪一挪身子，他稍微動一動手肘，給她烏黑亮麗的秀髮，獻上深情的一個吻。這個午後帶給他們片刻的寧靜，彷彿要趕在明日的別離之前，將這一刻烙印在兩人的記憶中。她沉默的雙脣拂過他軍裝的肩線，他溫柔的手指輕觸她如在夢中的指尖，相愛一個月，就屬這一刻感情最濃烈，交流最深遠。

他在軍中功績彪炳，還沒上前線就已經升到上尉，阿貢森林一役後又升上少校，統帥整個機槍營。停戰後，他急著想回家，但不知發生了什麼問題還是誤會，竟然被送到牛津去。這下他真的急了——黛西的來信透露出激動的絕望。為什麼他不回去呢？她感覺到外界的壓力。她想要見他，想要他待在她身邊，想要確定她的選擇沒有錯。

黛西還年輕，在她那虛假的世界裡，蘭香兀自馥郁，瀰漫著勢利的歡愉，管絃定了新調，為過往的哀傷畫上休止符，替眼前的生機譜出新曲。薩克斯風通宵達旦，嗚咽著那首絕望的《比爾街藍調》（*Beale Street Blues*），伴隨著一百雙金鞋銀鞋，舞動著閃耀的塵埃。在灰色的午茶時光，低沉甜膩的調子撥動著賓客的心弦，青春的面孔如同玫瑰花瓣，給舞池的號角吹得無處不飛花。

在這白晝與黑夜的交替，黛西開始秋去冬來；轉眼之間，她又回到約會滿滿的春天，天天和六位男士見面，一直鬧到破曉，才意興闌珊回來睡覺，鑲珠的雪紡晚禮服皺成一團，和枯萎的蘭花一起攤在床鋪旁邊的地板上。日復一日又一日，她心裡有個聲音，吵著她趕快做決定，逼迫她馬上泥塑她的人生，不管是愛情也好、金錢也好，她需要一股力量替她做決定，一股實際又近在咫尺的力量。

仲春時節，這股力量隨著湯姆・勃肯南的到來而成形。湯姆身材魁梧，家道殷實，讓黛西很有面子。掙扎是一定的，解脫也是無疑的。她給蓋茲比捎了封信，那時他人還在牛津。

長島天亮了，我們把樓下的窗戶一扇一扇打開，讓乍金乍灰的天光透進來。樹影橫過露珠，來無影去無蹤的鳥兒在藍色的樹上鳴囀。歡愉在空氣中緩緩流動，不能說是風，但可以想見這將是個涼爽怡人的日子。

「我就不信她愛過他。」蓋茲比從窗前轉身，挑釁地看著我。「你別忘了，兄弟，她下午的時候非常激動。他把我說成那樣，她嚇都嚇傻了——說得我好像下流的騙子，嚇得她連自己在說什麼都不曉得。」

他悶悶不樂地坐下來。

「當然啦，他們剛結婚的時候，她可能愛過他一分鐘，從此對我更加情深意重，這道理你懂吧？」

突然他拋出一句令人參不透的話。

「算了。」他說。「反正這是我個人的事。」

換作是你聽了會怎麼想？料想他用情之深、深不可測？

戰後他從法國回來，黛西還在海外度蜜月，他身不由己，花光剩下的軍餉，回到傷心地路易斯維爾，用一個禮拜的時間，重訪當年兩人驅車同遊的偏遠舊地，獨自踏遍兩人並肩走過的街道，聆聽那年十一月的足音在深秋的夜裡噠噠回響。正如同在他眼裡，別人家總不比黛西，蘊藏著那麼多的歡笑和神祕，如今佳人不再，在他眼中，路易斯維爾依然憂鬱得那麼美。

離去時，他覺得自己拋棄了她——說不定是他不夠努力尋找，才會見不到她的面。二等車廂（他身上一毛錢也沒了）好熱。他走到車尾，找了一張摺疊椅坐下，車站從他眼皮底下溜過，陌生的建築也背對著他走遠。火車駛過春天的原野，和一輛黃色街車並行了一段路，也許車上的乘客曾經在街角無意中瞥見她那楚楚動人的蒼白小臉。

鐵軌轉了個彎，火車和落日漸行漸遠，夕陽餘暉帶著祝福，染紅了這座消逝的城市——曾經，這是她呼吸的地方。他絕望地伸出手，哪怕只能抓住一絲空氣，也想從這個因她而可愛的城市留下點什麼。但是一切消逝得太快，不夠他那雙模糊的淚眼溫存。他心裡明白，那分最最新鮮的美好，已經永遠遺失，再也找不回來了。

九點鐘。吃完早餐，我們來到陽台上，昨晚天氣驟變，空氣裡秋意蕭索，園丁（蓋茲比僅存的老傭人）走到台階前，說：「蓋茲比先生，今兒個呢，要把游泳池的水放了，樹葉開始掉了，水管堵住就不好了。」

「先不要放。」蓋茲比回答。他帶著歉意，轉身對我說：「兄弟，你知道嗎？我今年夏天都還沒下過水呢。」

我看一看錶，站起來。

「我那班車再十二分鐘就要開了。」

我不想進城。精神不濟，什麼都做不來。但最重要的原因，還是我不想離開蓋茲比。我沒搭上車，接著又錯過了一班，最後才勉強起身。

「我再打給你。」我說。

「好，兄弟。」

「大概中午左右吧。」

我們慢慢步下台階。

「黛西也會打來吧。」他焦慮地看著我，希望我支持他的想法。

「會的。」

「那就再見了。」

我跟他握手，轉身離去；走到樹籬前又想起一件事，趕緊回頭。

「那群混帳。」我對著草坪對面大喊。「他們全部加起來也比不上你一個。」

我一直很慶幸能及時將這句話說出口。我就只讚美過他這麼一次，畢竟我對他的所作所為始終不苟同。他客氣地點點頭，會意地燦爛一笑，彷彿這件事我們早已有默契。他身上那件漂亮的粉紅色襯衫，在白色台階的襯托下顯得更加鮮豔。想起三個月前那個夜晚，我來到他這棟「祖傳」的宅邸，草坪和車道上賓客如雲，紛紛臆測他不潔的來歷，當時他就站在這個白色台階上，心底藏著純潔的美夢，向眾人揮手道別。

我謝謝他殷勤款待。說到好客，誰能不感激他？

「再見。」我放聲大喊。「謝謝你，蓋茲比，早餐很好吃。」

我北上紐約，抄寫著沒完沒了的股價，抄著抄著，在旋轉椅上打起盹來。迫近中午時，電話響了，我猛然驚醒，額頭爆汗。是嬌丹・貝克。她常在這時候打來給我，畢竟她行蹤不定，一下子在旅館，一下子在俱樂部，一下子在朋友家，要找她可不容易。電話那一頭的她，聲音大多清爽如高爾夫球場的草皮，球桿一揮，只見青草混著泥土，送到我辦公室的窗前；但是她今天早上的聲音不同於以往，聽上去又粗又乾。

「我離開黛西家了。」她說。「我現在在漢普斯特，下午要去南安普敦。」

在這種情況下離開黛西家或許識趣，但是卻讓我很不高興，而她接下來說的話更是讓我全身僵硬。

「你昨天晚上對我不太客氣。」

「都什麼時候了，計較那麼多。」

片刻沉默。接著：

「算了——我想見你。」

「我也想見妳。」

「不如南安普敦我就別去了，下午改去紐約找你？」

「不行，今天下午不行。」

「不行就算了。」

「今天下午真的不行。一堆事——」

我們就這樣你一言、我一語，突然間，兩個人都不再言語。不知道是她還是我，喀一聲，把電話掛了。我只知道我不在乎了。既然我這輩子都不會再和她說話，那天又何必跟她喝茶聊天呢？

過了幾分鐘，我打給蓋茲比，可是忙線中。我撥了四次。最後惹毛了接線生，他怒氣沖沖地說：對方在等一通底特律的長途電話，其他一概不接。我拿出火車時刻表，圈了三點五十五分那班車，往後靠著椅背，好好想一想。才中午呢。

早上搭火車進城時，經過灰燼谷，我故意繞到車廂另一頭。外邊八成聚集著好奇的人群，成天不散，小男孩在腿邊鑽來鑽去，在塵土中搜尋黑色的血跡。長舌公把事發經過拿來左一遍右一遍地說，說到後來連自己都不相信，這才住了嘴，梅朵·韋爾森壯烈的成就就這麼給忘記了。寫到這裡，我想讓時光倒回一點，說一說我們離開後，車行裡發生的種種。

他們找了老半天才找到梅朵的妹妹凱薩琳。她那天定是破例喝了酒，來的時候醉茫茫的，跟她說救護車開到法拉盛去了，她還不明白是什麼意思。後來人家跟她說就是那個意思，她差點沒暈過去，原先看她還頂得住，聽到這裡倒像再也頂不住了。某位好心（或好奇）人士，請她搭他的車子，一路跟著屍體開到法拉盛去。

午夜已經過去多時，來來去去的人潮仍像浪潮一般，拍打著車行的門面，喬治·韋爾森蜷縮在辦公室的沙發上，一前一後搖晃著身子。起初辦公室的門是敞開的，每個人進了車行，總忍不住要往裡頭望一望，最後有人跳出來，說這簡直不像話，門才關上。辦公室裡除了韋爾森，還有麥可利斯和其他男子；最先是四五個，接著走了兩三個，後來麥可利斯還得拜託留到最後的陌生人，請他再坐十五分鐘，讓他回隔壁鋪子泡壺咖啡再回來。回來後，他就一個人陪著韋爾森陪到天亮。

凌晨三點左右，韋爾森前文不對後題的囈語變得有條有理起來，人也逐漸安靜下去，談起了那輛黃色汽車。他信誓旦旦地說有辦法揪出車主，接著卻「哇」了一聲，說他太太兩個月前某一天從紐約回來，給人家打得鼻青臉腫。

他聽到自己在大嘴巴，先是縮了一下，接著又呼天搶地，「喔，我的天啊」、「喔，我的天啊」地呻吟起來。麥可利斯在一旁笨手笨腳想把話題引開。

「喬治啊，你結婚多久啦？來嘛，你好好坐著，我在問你問題呢，怎麼不回答。你結婚多久啦？」

「十二年。」

「有孩子嗎？來嘛，喬治，坐好——聽我的問題。你有孩子嗎？」

室內那盞微弱的燈，不停有甲蟲在周圍亂飛亂撞。每次只要外頭有汽車呼嘯而過，麥可利斯就覺得是幾個鐘頭前肇事逃逸的車。他不想踏進車行，停放屍首的工作檯上血跡未乾，他只好在辦公室裡尷尬地打轉，天還沒亮，他就把裡頭所有東西都摸熟了，偶爾在韋爾森身邊坐一坐，安慰安慰他。

「喬治，你有沒有固定上哪個教堂做禮拜？就算很久沒去也不打緊？要不要我打通電話，請那裡的牧師過來跟你談一談，你看怎樣？」

「我沒有固定做禮拜的教堂。」

「你應該固定上教堂做禮拜才是，喬治，尤其是這種時候。教堂你總上過吧？難道你不是在教堂結婚的嗎？喂，喬治，我在跟你說話呢。你不是在教堂結婚的嗎？」

「都這麼久以前的事了。」

他費了好大的勁才吐出這句話，因此打亂了他搖晃的節奏，整個人瞬間安靜下來。不出多久，他那迷離的雙眼又半是清醒、半是困惑起來。

「把那個抽屜打開來看看。」他指著書桌說。

「哪個抽屜？」

「那一個——那邊那個。」

麥可利斯拉開手邊的抽屜，裡面空空如也，只有一條價值不菲的小狗鍊——真皮材質，上頭盤繞著銀鍊。看起來還很新。

「這個？」他把狗鍊拿起來問。

韋爾森瞠目點頭。

「我昨天下午發現的。她想跟我解釋，但我知道其中有鬼。」

「所以你認為這狗鍊是你太太買的？」

「她用紗紙包著，擱在梳妝台上。」

麥可利斯看不出來有什麼奇怪，一連說了十來個買狗鍊的原因。但是想來這些話，梅朵也不是沒跟韋爾森提過，只見韋爾森又開始低低哭喊「喔，我的天啊」，搞得麥可利斯只好任憑其他理由懸在半空中。

「所以人是他殺的！」韋爾森突然張大了嘴巴。

「誰殺的？」

「我有辦法打聽出來。」

「你真是瘋了，喬治。」麥可利斯說。「我看你受了打擊，神經繃得太緊，連說話都糊塗了。你還是靜靜地坐一坐，等天亮再說吧。」

「人是他殺的。」

「那只是意外啊，喬治。」

韋爾森搖搖頭，覷起眼睛，嘴巴微微張開，若有似無又不可一世地「哼」了一聲。

「我還不曉得嘛！」他堅決地說。「我這個人啊，對別人沒有戒心，也沒有什麼壞想頭，但是有些事情我曉得就是曉得，從不看走眼的。就是車上那個男的！我太太衝出去找他講話，沒想到他連停也不停一下。」

這一幕麥可利斯也不是沒瞧見，只是沒想到這裡面還有這樣一層特殊的含意。他以為韋爾森太太是想從丈夫身邊逃走，沒想過她是要去攔車子。

「她這麼做是何苦呢？」

「她啊，城府可深嘍。」韋爾森回答得牛頭不對馬嘴。「呃——啊——」

他又開始晃動身子，麥可利斯絞著手中的鍊子。

「喬治啊，你有沒有哪個朋友方便過來的，我幫你打個電話？」

他知道問了也是白問——韋爾森八成一個朋友也沒有，這個人，連個老婆都顧不好。不過一眨眼的功夫，他倒又高興起來了。車行裡起了變化，窗口藍得愈來愈快，就要破曉了。清晨五點鐘，外頭的天色藍得可以，車行的燈也熄了。

韋爾森眼神呆滯地望著窗外的灰燼，一朵朵變化莫測的灰雲，東奔西跑在晨曦的微風裡。

「我跟她說了。」他喃喃自語，在一陣長長的沉默之後。「我說她騙我可以，可是她騙不了上帝。我把她帶到窗邊，」（他掙扎著站了起來，走到後窗，臉貼在玻璃上）「我說『人在做，上帝在看，妳所做的一切，上帝都看得一清二楚。妳騙得了我，可是妳騙不了上帝！』」

麥可利斯站在韋爾森身後，驀然一驚，眼前正對著的，不正是艾科保醫生的眼睛嘛？那雙從消融夜色中顯露出來的，蒼白大眼睛。

「人在做，上帝在看。」韋爾森又說了一遍。

「那是個廣告板啊。」麥可利斯要他明白。車行裡有個聲響讓麥可利斯轉身看了室內，韋爾森在窗邊杵了好久，鼻尖貼著玻璃，一個勁地向晨曦點頭。

清晨六點鐘，麥可利斯簡直支不住，一聽到外頭停車的聲響，感激之情油然而生。是昨晚一同作陪的，他答應會再繞過來看看。麥可利斯做了三人分的早餐，和來的人一起吃了。這時韋爾森已經平靜下來，麥可利斯便回家補眠去了，這一睡就是四個小時，他趕回車行，韋爾森已經不見了。

事後追查他的足跡（他是用步行的），發現他到過羅斯福港，後來又去了蓋茲山，在蓋茲山買了個三明治，一口也沒吃，接著又買了杯咖啡。他一定是累壞了，腳程相當慢，快到正午才走到蓋茲山。在這之前要掌握他的行蹤並不困難，接連好幾個小男生都說看過一個「怪裡怪氣」的大叔，駕駛人也說對他有印象，說他站在路邊瞧著人看，眼神很是古怪。但是接下來三個小時，他卻行蹤成謎。警方根據麥可利斯的說詞（「韋爾森說他『有辦法打聽出來』」），揣測他大概是一間車行一間車行地打聽，問那輛黃色汽車的主人是誰，但是卻沒有哪家車行的老闆見他來過，所以，或許他有更方便的管道，對於揪出凶手胸有成竹。兩點過半，他到了西卵，找人問了蓋茲比家的去路——也就是說，他在這時已經知道蓋茲比的名字了。

兩點鐘。蓋茲比換上泳衣，吩咐管家如果有人來電，立刻到游泳池畔叫他。他到車庫去拿夏天給客人玩耍的充氣墊，請司機幫忙打氣，順道交代那輛敞篷車千萬不能開出去——這就奇怪了，車前右側的擋泥板明明需要修理呢。

蓋茲比把氣墊扛上肩，朝游泳池的方向走，走一走停下來，調整一下氣墊的位置，司機問他需不需要幫忙，他搖頭，轉眼便沒入早秋的黃葉中。

儘管沒有人來電，管家還是不眠不休地守著，一直守到四點鐘，守到就算有人來電，也不知要把口信帶給誰了。我想蓋茲比很清楚，電話是不會來了，或許他根本不在乎了。如果真是這樣，以前那個溫暖的世界一定是離他而去了，為了守護一個夢，竟然付出了這麼大的代價。他透過駭人的黃葉，仰望陌生的天空，不禁打了個哆嗦——原來玫瑰那麼醜，照著初生之草的陽光那麼殘酷。他來到了新的世界，繁華飄渺的世界，偶然飄來幾縷可憐的冤魂，錯把夢想當成空氣……就像這個隱隱約約從樹林中朝他飄來的蒼白人影。

司機（沃爾夫西恩的手下）聽到了槍響，後來問起，他只說當時沒特別留意。我從火車站驅車趕往蓋茲比家，急急忙忙跑上台階的腳步聲，驚動了屋裡上下。但我深信他們心裡已經有譜了。司機、管家、園丁和我，我們四個幾乎是一語不發，三步併作兩步地趕往游泳池邊。

池水汩汩地從這一頭流出來，再挨挨擠擠地從另一頭流出去，水面上起了一絲絲的波紋，更有那漣漪陣陣——但卻不是因為水波，而是因為沉甸甸的氣墊在水中央東飄西蕩。徐徐輕風雖然吹皺不了池水，卻足以擾亂氣墊的航行，將負載其上的意外推往新的方向；

紛紛的落葉在氣墊周圍打轉，如同羅盤的指針，指向水面上一輪又一輪的紅色細圈。

我們四個正要動身把蓋茲比抬進屋，走沒幾步，園丁就發現了韋爾森的屍首，橫亙在草叢不遠處。整場屠殺，終告落幕。

Chapter 09
第九章

事隔兩年，我對案發當日、當晚、隔天的印象，只剩下警方永無止盡的盤問和川流不息的記者及攝影師。蓋宅的正門口拉起了繩索，派遣員警駐守，禁止閒雜人等進入；可是過不了多久，附近的男孩子就在我家院子裡發現了祕密通道，於是游泳池畔總是可見他們三五成群的身影，一個個目瞪口呆地圍在那裡。有號渾身散發自信的人物（或許是警探），彎腰檢視韋爾森的屍體時，隨口說了聲「瘋子」，語氣裡不怒自威的氣勢，左右了隔天報紙對死者的定調。

那些報導簡直是惡夢——荒誕不實，尖酸刻薄，缺乏證據。調查死因時，麥可利斯供出了韋爾森疑心自己戴綠帽子一事，我以為這段緋聞經過加油添醋、大肆嘲諷之後，一定會成為眾人茶餘飯後的話題，但是凱薩琳——本來我擔心她會說溜嘴，沒想到她不但守口如瓶，而且還展現出不凡的骨氣；在那兩道描得飛揚的眉毛底下，她眼神堅定、盯著角落，信誓旦旦地說姊姊從沒見過蓋茲比，姊姊和姊夫的婚姻幸福美滿，姊姊不曾有過不守婦道的行為。她講得這樣振振有詞，講到連自己都不疑有他，不停拿手帕起來拭淚，彷彿再也承受不了這樣的影射。為了大事化小、小事化無，韋爾森的人生被化約為「悲傷過度、神智不清」八個字。這案子就這樣結了。

這一切之於我，就如同隔岸觀火般無關痛癢。我發現自己站在蓋茲比這一邊，而且，只有我，站在他這一邊。我打電話到西卵鎮傳報噩耗，從那一刻起，一切關於他的臆測，一切實際的問題，全都由我代為回答。起初我感到詫異不解。他就這樣躺在屋子裡，沒有動作、沒有呼吸、沒有言語，一個小時，兩個小時，三個小時，終於，我明白了，這個責任我是攬下了，因為除了我之外，再也沒人在意——每個人身後或多或少總該得到親朋好友關切，只有他，無人搭理。

我撥了通電話給黛西（當時距離我們發現他的屍首不到半個小時），撥得不假思索、毫不猶豫。但她和湯姆稍早出門去了，說是還拎了行李。

「沒留地址嗎？」

「沒有。」

「有沒有交代回來的時間？」

「沒有。」

「知道他們去哪裡了嗎？要怎麼跟他們聯絡？」

「不知道。說不上來。」

總是得替他找個人來。我想走進他安躺的房間，安慰他：「蓋茲比，我會替你找人來的。別擔心，相信我，我會替你找人來的。」

電話簿裡沒有梅耶．沃爾夫西恩的名字。管家把他百老匯辦公室的地址給我，我打去查號台查，等我查到已經過了五點，打去也沒人接。

「再幫我轉一次？」

「我已經幫您轉三次了。」

「這件事真的很急。」

「抱歉。那邊恐怕已經下班了。」

我回到客廳，一時以為又來了一幫不速之客。客廳裡擠滿了官方派來的調查人員，他們揭開屍布看了一眼，眼裡盡是驚恐，我腦中又響起了蓋茲比的抗議：「聽好了，兄弟，你非得找個人來給我。好好幫我找一找。我一個人沒辦法。」

有人找我問話，我脫身開溜，上了樓，匆匆忙忙把他書桌沒上鎖的抽屜都翻了一遍。他沒說他父母去世了沒。但是什麼也沒有。只有那幅丹恩．考迪的照片，居高臨下地瞪著人，象徵那遭人遺忘的熱血年代。

翌日早晨，我派管家到紐約送信給沃爾夫西恩，信裡除了打聽消息，還敦請他搭火車下來一趟。我寫這幾行字的時候還覺得自己多此一舉，我相信他一看到報紙就會動身，我相信中午以前黛西就會來電報。可是電報沒來，沃爾夫西恩也沒來。沒有人來。只有警察和記者和攝影師愈來愈多。管家捎來沃爾夫西恩的回信，世界開始與我為敵，我和蓋茲比同仇敵愾，用輕蔑對抗這一切。

卡拉威先生台鑒：

聞此噩耗，晴天霹靂，迄今仍難以置信。據聞凶手殘暴，著實令人猛省。鄙人要務纏身，未克前往，礙於身分，此時恐不宜出面。至於後續事宜，若得效棉薄之力，敬請託人惠賜短柬。走筆至此，悲不自勝，臨書涕泣，不知所云。即頌

大安

梅耶．沃爾夫西恩

信末又匆匆補上兩句：

喪禮事宜，盼請告知。家屬之事，一無所知。

下午電話響了，說是芝加哥的長途電話，我以為黛西總算打來了。但是一接通，卻是男人的聲音，那麼空洞，那麼遙遠。

「我是史雷格……」

「是？」這名字怎麼沒聽過。

「你說那封信是不是氣死人？收到我的電報沒有？」

「一封也沒有。」

「小帕克遭殃了。」他快人快語道。「櫃台交易的時候給逮著了。對方五分鐘前從紐約那邊接到了消息、拿到了號碼。這事你怎麼看？那種鳥不生蛋的地方，天曉得……」

「哈囉。」我打斷他，大氣也不敢喘一下。「聽著——我不是蓋茲比。蓋茲比死了。」

電話另一頭是一陣長長的沉默。一聲驚呼之後……喀嚓。斷了線。

記得是第三天吧，明尼蘇達州的小城那邊拍來一通電報，署名亨利・C・蓋茲，上面只說發電人即刻動身，喪事暫緩，見面詳談。

是蓋茲比的父親，蒼老，嚴肅，無助，沮喪，明明是溫暖的九月天，身上卻密密實實地裹著鬆垮垮的便宜長大衣。他淚流不止，情緒激動。我從他手裡接過雨傘和提袋，他捻起稀疏花白的鬍子，弄得我簡直沒辦法幫他脫外套。看他一副要垮的模樣，我只好帶他到音樂廳坐一坐，順道打發傭人張羅點吃的來。但他不肯吃，手抖得又那樣厲害，牛奶都翻了。

「我在芝加哥的報紙上看到的。」他說。「一五一十全報出來了。一看到就趕快趕來了。」

「我不知道怎麼聯絡您。」

他那雙眼睛，視而不見，只是滴溜溜地轉，看向屋子各處。

「說是個瘋子。」他說。「真是瘋了。」

「要不要來點咖啡？」我勸他。

「我這樣就好。這樣就很好了……我說您是——」

「我姓卡拉威。」

「我這樣就很好了，卡拉威先生。我們家小傑在哪裡？」

我帶他到客廳，他兒子的靈柩就停在那裡。我讓他一個人靜一靜。附近那幫小男孩爬上正門前的台階，鬼頭鬼腦地往大廳裡探；我告訴他們誰來了，他們才不甘心地走了。

不到一盞茶的時間，蓋茲先生開門出來，嘴巴半張，臉頰泛紅，幾滴遲到的眼淚孤伶伶地淌著。像他這把年紀，死亡不再是晴天霹靂的噩耗。他認真打量起四下，只見大廳好高、好氣派，開向一間一間富麗堂皇的廳室，於是在感傷之餘，又添了一層訝異和驕傲。我扶他到樓上一間臥室裡休息。他一邊脫外套、脫背心，一邊聽我說後事已經請人緩一緩，全等他發落。

「不知道您計畫怎麼樣呢，蓋茲比先生？」

「我姓蓋茲。」

「是——蓋茲先生。也許您想將遺體運回西部下葬？」

他搖頭。

「小傑向來喜歡東部。他闖出名堂也是在東部。您是我兒子的朋友吧，您說您姓……」

「我們交情很好。」

「他啊，前景一片光明。年紀雖然輕，可是他的這裡——」（他鄭重地往頭上一拍，我點點頭）「——他的腦袋，好得不得了哇。要是他還活著，鐵定是個偉人。像鐵路大亨詹姆士．J．希爾斯那樣的偉人。鐵定會對國家有貢獻的。」

「您說的是。」我不自在地說。

他笨拙地掀了掀刺繡的床罩，硬邦邦地躺下，沾枕即睡。

夜裡來了通電話，對方的聲音聽起來嚇壞了，非要我先報上姓名，他才肯透露身分。

「我是卡拉威。」我說。

「喔！」他聽起來鬆了一口氣。「我是柯立普斯平克。」

我也鬆了一口氣。這下又多一個人送蓋茲比了。出殯的事我不打算登報，省得引來一堆人來湊熱鬧。這兩天我打電話通知了幾位朋友。但是大家都躲起來。

「明天就出殯了。」我說。「喪禮三點開始，在蓋宅。你看誰想來就幫我帶個話。」

「喔，好啊。」他匆匆答應。「當然啦，我不見得碰得到他們，但如果碰到一定幫你把話帶到。」

他的語氣讓我起了疑心。

「你明天會來吧。」

「我盡量。話說我打來是要——」

「等一等。」我打斷他。「先答應我你明天一定到？」

「呃……老實說——事情是這樣的，我跟我朋友在格林威治這裡，他們明天有活動，希望我也一起去，好像是野餐還什麼的。如果走得開我就趕趕看。」

我忍不住「哼」了一聲，他一定是聽見了，語氣登時怯懦起來：

「我打來是要問我那雙鞋子。不知道能不能麻煩管家幫我寄過來？那是一雙網球鞋。沒了鞋，做什麼都不對勁。我現在住在B．F——」

我沒聽完就把話筒掛上了。

我替蓋茲比感到難堪。後來通知一位紳士，聽他的意思，倒像是蓋茲比死了活該。其實是我自己不好。以前蓋宅那群酒客，最愛喝酒壯膽對蓋茲比出言不遜的就是他。這種人，不通知也罷。

喪禮當天，我一早就北上紐約去找梅耶．沃爾夫西恩；我試過其他辦法，但都聯絡不上他。我推開一扇門（感謝電梯少爺指引），門上寫著「卍字控股公司」，往裡頭一看，連個人影也沒有。我高喊幾聲「哈囉」。沒人回應。但是牆壁後面爆發一陣爭吵，一位妙齡猶太美女從裡間出來，用充滿敵意的黑色眼珠打量我。

「裡頭沒人。」她說。「沃爾夫西恩先生到芝加哥去了。」

她前半句話顯然是說謊，因為裡頭的人荒腔走板地吹著口哨，吹的是天主教聖歌《玫瑰經》。

「請幫我通報一聲，說卡拉威先生求見。」

「難道要我把他從芝加哥請回來嗎？」

才說完，裡頭的人就喊了一聲「史黛菈！」——這分明就是沃爾夫西恩的聲音。

「你留個名字吧。」她倉促地說。「等他回來我告訴他。」

「但他明明就在裡面。」

她一步站到我面前，雙手叉腰，忿恨地上下蹭著。

「現在的年輕人，以為這種地方是你想進去就能進去的嗎？」她氣沖沖地說。「這種事我們見多了，煩都煩透了。我說他在芝加哥，他就在芝加哥。」

我報上蓋茲比的名字。

「哎呀！」她又上上下下把我打量了一遍。「那就請您——請問您尊姓大名？」

她消失在裡間。一會兒沃爾夫西恩板著臉矗立在門口，伸出雙手，把我拉進辦公室，畢恭畢敬地說發生這種事大家都不好受，說著便遞給我一支雪茄。

「我想起第一次見到他的時候。」他說。「好個年輕的陸軍少校，剛退伍，戰功彪炳，全身上下佩滿勳章，口袋裡一毛錢也沒有，沒錢買衣服，只好把軍服當便服穿。初次見到他是在溫柏納開的撞球間，在四十三街，他走進來，說要找事做。他已經兩天沒吃東西了。我說『過來跟我一起吃午餐吧』。不到半個小時，他就吃掉了我四塊美金。」

「所以是你領他入行的嘍？」我問。

「何止領他入行！他是我一手栽培的。」

「喔。」

「我栽培他，從無到有。我一眼就看出他文質彬彬。他說他是念牛欽的，我就知道這個人可以用；安排他進入美國退伍軍人協會，幹沒多久就幹出頭，立刻替我在阿爾巴尼市的主顧辦了一件事。不論幹什麼，有我就有他，有他就有我，我們就像這樣——」（他把兩根香腸指併在一起）「——同進同出，相依為命。」

我好奇一九一九年那樁職棒假球案，他們是否也像這樣相依為命。

我沉默了一會兒，說：「現在他走了，身為他生前的患難之交，下午的喪禮你會去吧？」

「我何嘗不想呢。」

「那就去啊。」

他的鼻毛微微顫抖，搖搖頭，溼了眼眶。

「我沒辦法——我不能蹚這渾水。」他說。

「哪來的渾水。事情都過去了。」

「這種出人命的事，我是沾都不沾的，離得愈遠愈好。我年輕的時候可不是這樣——

兄弟出事，管他三七二十一，義氣相挺到底。你大概會覺得我意氣用事，但我真的就是這樣──就算賠上性命也在所不惜。」

我看出他有他的苦衷，這場喪禮，他是打定主意不來了，我索性起身告辭。

「你念過大學？」他突然問了一句。

我一時還以為他又要提「窗狗」的事，但是他只是點點頭，跟我握了握手。

「我們都該學習在朋友在世時伸出援手，不要等到朋友過世才插手。」他臨別贈言道。「人死了就放手吧，這就是我的作風。」

辦公室外面，烏雲滿天，我在細雨中回到西卵，先回家換了衣服，這才上隔壁去，發現蓋茲先生興致甚高，在大廳裡來回踱步。對於蓋茲比這個兒子，對於蓋茲比擁有的一切，他這個做爸爸的愈看愈得意，急著想向我現寶。

「這張照片是小傑寄給我的。」他用顫抖的手掏出皮夾。「你看。」

是這棟宅邸的照片，四角已經破損，還沾上黑色的手漬。他熱情地把照片上的細節一一指給我看。「你看這裡！」說著還不忘朝我看一眼，看我的眼裡有沒有讚嘆。他顯然是逢人就把這張照片拿出來炫耀，我想，他這麼常炫耀，對他來說，照片上的宅邸反而比真實的宅邸感覺更真實。

「小傑寄給我的。我看著覺得挺好的。照得很漂亮。」

「非常漂亮。你們父子最近碰過面嗎？」

「他兩年前回來找我，還幫我買了間房子，就是我現在住的地方。當年他逃家，這父子關係是一定要斷的，但我後來懂了，他實在有他不得已的苦衷。他知道自己前程一片大好，功成名就之後對我也很大方。」

他好像捨不得把照片收起來似的，又在我面前依依不捨地欣賞了一陣；才把皮夾收好，又從口袋裡拿出一本破破爛爛的舊書——《牛仔卡西迪》（*Hopalong Cassidy*）。

「你瞧瞧，這是他小時候看的書。看了你就懂了。」

他打開書的封底，轉過來讓我看內頁。扉頁上是字跡工整的「行程表」三個字，時間是一九〇六年九月十二日，底下寫著：

6:00 —— 起床

6:15-6:30 —— 攀牆、舉啞鈴

7:15-8:15 —— 念書（電學等等）

8:30-16:30 —— 工作

16:30-17:00 —— 棒球（或其他運動）

17:00-18:00 —— 鍛鍊口才和儀態

19:00-21:00 —— 研究有用的發明

生活準則

不打混，尤其是跟薛福特和
（另一個名字，字跡不清）
不抽菸、不嚼菸草
兩天洗一次澡
每週讀一本有益的書或雜誌
每週存~~五塊~~三塊
孝順父母

「我無意中發現這本書。」蓋茲說。「是不是看了就懂了？」

「果然懂了。」

「小傑注定要出人頭地的。他總是東一套準則、西一套準則。你注意到他有多上進吧？他就是那麼有骨氣。有一次他說我吃東西像豬，我還狠狠揍了他一頓。」

他捨不得把書闔上，把那幾條準則大聲念了一遍，然後眼巴巴地望著我，我心想他大概是希望我抄下來作為借鏡。

將近三點左右，從法拉盛區請來的路德教派牧師到了，我不由自主地朝窗外望了望，看看有沒有別的車子來。蓋茲比的老父也在張望。時間一分一秒過去，傭人紛紛進屋來，在大廳裡等候，蓋父急得直眨眼，說起外頭的雨，口氣聽著很是焦慮。牧師連連看錶，我把他拉到一旁，請他再等半個鐘頭。但是沒有用。根本沒有人來。

大約五點左右，我們一行三台車開到墓地門口，停在密密斜斜的細雨中。排頭的是靈車，給雨淋得黑得發亮，中間一台坐著蓋茲老先生和牧師和我，不久蓋茲比的旅行車也到了，裡頭坐著四五個傭人和西卵的信差，全都淋成了落湯雞。正穿過墓地門口時，我聽見引擎熄火的聲響，接著是一陣腳步聲踩在溼軟的草地上，吧唧吧唧地，從我們後面追上。我回頭一看。原來是貓頭鷹眼鏡先生，三個月前的那個晚上，我在書房裡撞見他，正對著蓋茲比的書嘖嘖稱奇。

從那之後我就再也沒見過他，不曉得他怎麼會知道喪禮的時間，甚至連他姓啥名啥都不清楚。雨水流過他厚重的鏡片，他把眼鏡摘下來，擦一擦，眼睜睜地看著防水布揭開，底下就是蓋茲比的墓穴。

在那當下我努力回想蓋茲比這個人，但他已經離得太遠，只記得黛西連一句話、一朵花也沒有，但我並不記恨。我隱約聽到有人喃喃祝禱：「雨水淋澆的亡者有福了，」還有貓頭鷹眼鏡英勇地附和：「阿門。」

我們三三兩兩在雨中疾走回停車的地方。貓頭鷹眼鏡在墓園門口找我攀談。

「沒趕上告別式很抱歉。」他說。

「沒關係，沒人趕到。」

「瞧你說的！」他吃了一驚。「怎麼會，我的天啊！他們以前一來不都幾百個。」

他又摘下眼鏡，裡裡外外擦了一遍。

「這狗崽子，死得可憐啊。」

我腦海中最鮮明的記憶，就是在東部念私立高中和大學時期，每年聖誕節返鄉的情景。十二月的某天，傍晚六點左右，家住芝加哥以西的同學聚集在古老昏暗的芝加哥聯合車站，朋友中有幾個住芝加哥的，已經被佳節的氣氛團團包圍，雙方匆匆話別、互道珍重。記得月台上一簇一簇的毛皮，是那些女大生身上的大衣，一團一團的白煙，是你一言我一語時哈出的熱氣，一雙一雙舉高的手，是見到老朋友時熱烈的招呼，七嘴八舌地交換著過節的聚會活動：「奧德韋家的派對你去嗎？荷希家的呢？修茲家的呢？」還記得人人都戴著手套，手裡握著長長的綠色車票。門邊的鐵道上停著灰撲撲的列車，一節一節的黃色車廂，有到芝加哥的，有到威斯康辛州密爾瓦基市的，有到明尼蘇達州聖保羅市的，全都瀰漫著歡愉的聖誕氣象。

火車駛進冬夜。車窗外，白雪皚皚，真正的雪、家鄉的雪，從火車兩旁鋪天蓋地延展開來。一路上，威斯康辛州的大小車站燈光如豆，從眼前一閃而過，忽然間，寒意逼人，深呼吸，精神立刻為之一振，這時我們剛在餐車吃過晚飯，正經過連廊準備回到位置上。在這奇異的時刻，在融入不分你我的家鄉之前，人人的心中，都對家鄉有種說不出的情愫。

這就是我對家鄉的回憶——無關麥田，無關草原，無關荒涼的瑞典移民小鎮；只記得青春的火車載著學子返鄉，黑夜裡，街燈暈黃，霜凍中，雪車叮噹，更有那家家戶戶的窗燈，將冬青花圈的影子映照在雪地上。這就是我，就是我的故鄉。我的個性有點嚴肅，因為我的故鄉冬日漫漫；我的態度有點自滿，因為我的故鄉仍以姓氏稱呼某某府上，而「卡府」就是我長大成人的地方。這下我懂了，原來這是一個美國西部的故事，畢竟——湯姆和蓋茲比，黛西和嬌丹和我，我們都出身自美國西部，也許我們擁有相同的缺陷，所以無法完全融入東部的生活。

東部是令我興奮的，比起東部，蔓生在俄亥俄河以西的城鎮簡直枯燥乏味，在那種地方，除非你太老或是太小，否則長舌公、長舌婦一整天纏著你，問個你沒完沒了；相較之下，東部實在好得太多了。但即使是東部最最令我興奮的時候，即使是我覺得東部樣樣都好的時候，總還是覺得這裡有什麼地方不太對勁——尤其是西卵，至今我做夢還是會夢見。在夢裡，西卵是中世紀畫家葛雷柯（El Greco）筆下的夜：上百戶人家，傳統中透著詭異，一戶戶蹲在陰沉的蒼穹下、黯淡的月色中，前景的四位男士，神情嚴肅，身穿晚禮服，抬著擔架走在人行道上，擔架裡躺著個女的，喝得爛醉，身上穿著白色晚禮服，一隻手垂在擔架外面，手上的珠寶晶瑩冷冽，就這樣抬進了一戶人家裡——但是搞錯了，不是這一戶。女人的名字沒有人知道，也沒有人在乎。

蓋茲比過世後，我眼中的東部就像這樣，完全走了樣，怎麼也調整不回來。於是，當燃燒枯葉的青煙在空氣中瀰漫，晒衣繩上的衣物在西風中橫豎，就是我回家的時候。

臨走前還有樁心事未了。這事說來尷尬，不是什麼愉快的事，能不要管最好就不要管。無奈我喜歡把事情收拾得乾乾淨淨，往來的潮水也許樂意帶走旅人的腳印，可是我自己留下的足跡，總是不放心交給無情的海水淘洗。我去見了嬌丹．貝克，重溫我倆交往前後的經過，訴說分手後發生的種種，她躺在一張大沙發上，文風不動地靜靜聽我述說。

她身穿高爾夫球裝，印象裡美得像幅畫，下巴還是微微揚著，頭髮還是秋天的顏色，皮膚古銅如昔，跟膝上擱的那副露指手套同是棕色。我說完後，她沒說什麼，只說是跟人訂婚了。我不相信（其實她追求者眾，只要一點頭，隨時可以結婚），但還是佯裝吃驚。我疑心自己表錯了情，腦筋一轉，起身告別。

「再怎麼說，當初是你提分手的。」嬌丹忽然來這麼一下。「你在電話裡把我甩了，現在雖然是過去了，但那還是我第一次失戀，足足失魂落魄了好一陣子。」

我們握手。

「對了，你還記不記得，」——她又來——「有一回我們聊到開車的事？」

「有嗎？記不太清楚了。」

「你說一個人不小心還好，要是碰到另一個人也不小心，那可就要出意外了，想起來了嗎？究竟是哪個人這麼不小心，倒真的給我碰上了？都怪我自己不小心，不會看人。我以為你是個誠實正直的人。以為你默默以此為榮。」

「我都三十了。」我說。「五年前我也許還會自己騙自己，自以為光榮。」

她沒回話。我又是氣，卻又還愛著她，在懊悔中，轉身離去。

十月底一天下午，我巧遇湯姆．勃肯南。他走在第五大道上，就走在我正前方，還是那副提高警覺、隨時要往前撲的模樣，雙手稍微遠離身體，像要杜絕閒人打擾似的，頭一下子轉向這邊、一下子轉向那邊，好配合他那雙骨碌碌的眼睛。我放慢步伐，以免超前，就在這時，他停下了腳步，深鎖著眉頭，開始打量起珠寶店的櫥窗。忽然他看見了我，便轉個身、走回來，一邊走一邊伸出手。

「尼克你幹嘛？不跟我握手啊？」

「對。你知道我是怎麼看你的就好。」

「你瘋啦尼克。」他馬上接了這麼一句。「真是瘋了。你怎麼回事啊你？」

「湯姆，」我問他，「你那天下午跟韋爾森說了什麼？」

他沒回答，只是看著我，我知道我猜得沒錯，原來那段消失的時間是這麼一回事。我掉頭要走，可是他一個箭步追上來，拉住我的胳膊。

「我只是實話實說。」他說。「他找上門的時候我們正準備要走。我派人帶話下去給他，說我們不在，他聽了差點沒闖上來。我看這人簡直瘋得可以，要是我不告訴他車主是誰，他不把我殺了才怪。他的手，從進門到離開，一秒也沒離開過他口袋裡那把左輪手槍——」說到這裡，他反倒豁出去了，「就算我說了又怎樣？那傢伙自己找死啊。他糊弄你，也糊弄黛西，但這人也真沒良心，竟然像輾狗一樣把梅朵輾死了，連停也沒停一下。」

我無話可說，除了那句不能說出口的真相：事情不是這樣。

「你以為我就不難過嗎？告訴你，後來我回去退租，在櫥櫃裡看到那盒該死的狗餅乾，整個人倒在椅子裡，像小孩子那樣嚎啕大哭起來。天啊這真是——」

我無法原諒他，也無法喜歡他，但我明白對他而言，他所做的一切都是合情合理的。

既沒用腦，也沒用心。像他們這種人，向來不小心，包括湯姆，包括黛西——事情砸了，搞死人了，屁股拍一拍，回到錢堆裡，回到他們漫不經心的兩人世界，爛攤子就留給其他人收拾去……

我跟他握了手；因為我忽然覺得，眼前跟我說話的人還只是個孩子，跟孩子賭氣不是很蠢嗎。他走進珠寶店買他的珍珠項鍊（或是一副珍珠袖扣），擺脫我這個大驚小怪的鄉巴佬，永遠不再見面。

離開那一天，蓋茲比的別墅人去樓空，草長得跟我家的一樣長。話說西卵有位司機，每次載客經過蓋茲比家門口，總愛停下車，對著別墅指手畫腳；也許案發當晚開車送黛西和蓋茲比到東卵的就是他，也許他以當晚的事杜撰出一套故事。我對他的故事沒興趣，每次出火車站都刻意不搭他的車。

週六的夜晚我總是上紐約消磨，因為他那熠熠生輝的派對仍令我記憶猶新，我彷彿還能聽見樂聲笑語從花園裡幽幽飄來，車道上的汽車仍是來來去去地開。有天夜裡我真的聽見一部汽車開到他家門口，車燈照亮了白色的大理石台階。我沒去查看來者是誰。或許是哪位晚到的客人，剛從天涯海角回來，渾然不知派對已經散場。

臨行前那個晚上，行李打點好了，車子賣給了送貨小弟，我走到隔壁，對這繁華散盡的落魄大宅做最後一次巡禮。附近的頑童用磚塊在白色的大理石台階上寫了個髒字，月光一照，格外觸目，我抬起腳，在石階上來回地蹭，刷刷刷刷，把髒字蹭掉，接著晃到海邊，在沙灘上呈大字躺下。

沿海一帶的夏季別墅大多關閉了，四周幾乎沒有光源，只有渡輪的燈火在海灣上時隱時現。月亮爬得更高了，地上的別墅愈來愈渺小，一座古老的島嶼逐漸浮現，正是當年荷蘭水手眼中的新大陸，蓊蓊鬱鬱，在海上盛開、隆起。這片樹林讓地給蓋茲比這棟別墅，過往也曾經在風中呢喃，滿足世人最後的美夢；就在那電光石火的瞬間，在這片新大陸的面前，他屏息，落入詩意的冥想，雖然他不了解，也不想了解；那是最後一次，人面對面看見了最極致的驚奇美景。

我坐在沙灘上遙想那古老陌生的世界，想一想，蓋茲比發現黛西家碼頭那盞綠燈時，心情一定也像發現新大陸那麼驚奇。他歷經千辛萬苦才踏上這片藍色的草皮，夢想離他好近好近，彷彿伸手就能觸及。他不知道美夢趕不上他的腳程，被遠遠拋在紐約以西那片遭人遺忘的袤廣中，那兒的黑色原野是人民的穀倉，在夜空的覆蓋下起伏綿延。

蓋茲比相信那盞綠燈，相信那就是他未來的高潮，而年復一年，高潮在我們眼前消退，我們撲了空，沒關係——明天再跑快一點，手再伸長一點，總有一天，我們總有一天——

於是顛撲向前，逆水行舟，一次又一次，退回到過往。

華山論「譯」——談談《大亨小傳》的翻譯史

譯者／張思婷

二〇一一年，巴茲·魯曼（Baz Luhrmann）執導的《大亨小傳》開拍，臺灣未上映先轟動，遠流（2012）、好讀（2012）、商周（2012）、新經典（2012）先後推出新譯本，筆者有幸搭上電影潮流，於二〇一二年夏受漫遊者文化之邀開譯，二〇一三年譯本問世前夕接獲遠流邀請，於華山藝文中心與遠流版譯者汪芃對談。筆者與汪芃於高中因社團結識，大學四年不僅同窗，連課餘打工都在同一個地方，畢業後先後進入師大譯研所，翻譯《大亨小傳》期間還同租工作室，對於能走出書本面對讀者都感到非常興奮，自然慨然應允。

昔傳武俠豪傑華山論劍，今有同硯契友華山論譯，當日筆者細數《大亨小傳》歷年電影及臺灣早年譯本，再由汪芃介紹近期譯本及其翻譯策略。臺灣出版的《大亨小傳》以一九五四年正中書局的黃淑慎譯本為最早，書名譯為《永恆之戀》，譯者生卒年不詳，除了本書之外，亦替九龍人人出版社翻譯《美國現代短篇小說精選集》（1955），而且人名多採歸化譯法，嘉志比（Gatsby）、戴茜（Daisy）、鳳狄（Ferdie）等是，故揣測為香港譯者。黃譯誤譯甚多，開篇In my younger and more vulnerable years一句，譯者便將vulnerable看成venerable，因此誤譯為「在我年青更受人敬重一點的時候」，單單第一章，就讓陳大安（1976）在譯評〈談*The Great Gatsby*的三個中譯本〉中揪出十個錯處。

黃譯訛誤雖多，但大抵通順流暢，譬如談尼克發憤讀書：「我買了幾本關於銀行、商業、股票等等的書籍，金的紅的擺了一書架子，好像剛出籠的新鈔票」，形容湯姆家道殷實：「他家裡很有錢，在大學時代那個亂揮霍勁就已夠使人眼紅的了，現在他離開芝加哥到東部來，那股氣派簡直鶩得你沒法子呼吸」，又如描述黛西話音動人：「她愉快的音波播送到雨裡，像一隻狂熱的曲子，我的耳朵隨著那些波浪浮沈了一陣之後才捉住了字眼」，偶爾還可見神來之筆，例如「打著呵欠像上床似的落了坐」，十分傳神；又如「我攙了她掛滿雨點的手臂扶她下車」，極富詩意；以及「可是我們一向非常默契」，乾淨俐落。

大體而言，黃譯誤譯雖多，但譯文未受原文字句羈絆，讀來明快曉暢，例如just remember that all the people in this world haven't had the advantages that you've had，黃譯並未將advantages譯為「優點」、「優勢」、「佔便宜」等字典譯法，反而跳脫字面譯為：「只要想一想世上的人都沒有你這麼運氣呢！」再如原文第四章開頭，作者舉出一長串賓客的姓名，顯示蓋茲比交遊廣闊，三教九流的朋友都有；黃譯略去賓客姓名，只保留賓客身分，在眾譯本中是相當特別的處理方式：「醫生，律師，大公司老闆，烟酒商，電影界的名人，大資本家的親戚（……），東蛋村的，外國口音的，一來就帶著四五個女友的，應有盡有。他們都是那個夏天的客人。」黃譯出版後正中書局曾多次再版，最後一次再版為二〇〇一年，書名改為《大亨小傳》。

王潤華、淡瑩合譯的《大哉！蓋世比》一九六九年由臺南的中華出版社上梓，譯者王潤華（1940-）祖籍廣東省從化縣，祖父輩移民馬來西亞，生於馬來西亞地摩鎮（Temoh），童年在英國與馬共的游擊戰之中渡過，一九六二年獲臺灣獎學金，就讀政治大學西洋語文學系，期間認識就讀臺大外文系的淡瑩（本名劉寶珍），畢業後兩人一同赴美深造，一九六七年結婚，本書係兩人於加州大學聖塔芭芭拉分校留學期間合譯而成。

王、淡合譯本大抵以句為單位依原文語序直譯，其優點在於切合原文，於易譯處能以通順的譯文忠實呈現原作，譬如前引黛西話音動人的段落，王、淡合譯本較黃譯更貼近原文：「她興奮的聲浪無疑是雨中一枝興奮劑。我需要一高一低的跟著她的音調，然後那些字才能走進我的耳朵」。但若遇上難譯處，直譯法往往使譯者綁手綁腳，譯文雖然並無錯處，但總覺得像隔靴搔癢，難以揣摩作者原意，譬如「行為也許可以在頑固的大石或沼澤地建立起來，可是過了一個時期我都不管它生長在什麼地方」，讀來頗有不知所云之感。

除了譯文晦澀之外，王、淡合譯本誤譯頻仍，例如At night when you're asleep/Into your tent I'll creep——，譯者into和in不分，誤譯為：「每夜當你睡了／在你的帳篷裡我爬來爬去」。諸如此類的訛誤，僅僅第一章，就讓陳大安於譯評〈談*The Great Gatsby*的三個中譯本〉揪出十處。大抵而言，王、淡合譯受原文語法羈絆，譯文費解，而且誤譯頻仍。由於黃譯及王、淡合譯皆不盡理想，與原文相比，力有未逮，在這樣的歷史脈絡下，正確和通順兼具的喬志高譯本自有其歷史意義。

一九七一年，喬治高（1912-2008）的《大亨小傳》由香港的今日世界出版社發行。

今日世界出版社隸屬美國新聞處，於冷戰時期針對中國以外的華文世界發行書籍刊物，以宣揚美國自由、民主等價值觀，喬譯《大亨小傳》因此銷售到了臺灣。喬譯才氣縱橫，論正確、論流暢，都在黃譯和王、淡合譯之上，故成為臺灣《大亨小傳》的主流譯本，在二〇〇一年時報文化出版喬譯增訂版前，共計八家出版社出版過喬譯，包括遠景（1978）、遠志（1985）、書華（1986）、自華（1986）、久博（1986）、萬象（1995）、探索（1998）、錦繡（1999），「大亨小傳」四字遂成為《The Great Gatsby》的定譯，不管一九七四年勞伯・瑞福（Robert Redford）主演的電影、一九八五年的影集，還是二〇一三年巴茲・魯曼的改編電影，在臺上映時皆以「大亨小傳」作為片名。

喬治高本名高克毅，其與《大亨小傳》的情緣可上溯自上世紀三〇年代。當時喬氏在紐約第二大道舊書店發現《The Great Gatsby》的一九二五年初版書，批價僅十元左右，鑒於名著初版不可多得，喬氏立即購入。一九六八年，喬氏在香港參加中文大學「翻譯問題研討會」，碰見今日世界出版社的林以亮和李如桐，並順道造訪美新處處長Sanford Marlowe，喬氏在這三人的鼓勵之下提筆翻譯《大亨小傳》，所根據的便是當年在紐約舊書店購買的Charles Scribner's Sons版本。

《大亨小傳》雖然是喬氏首次翻譯文學作品，但初試啼聲便一鳴驚人。喬氏曾長時間住在紐約，離作者費茲傑羅的年代又近，原著中兩首一九二〇年代的流行歌曲（第四章的〈The Sheik of Araby〉和第五章的〈Ain't We Got Fun〉），喬氏翻譯時不但記得，甚至能唱上幾句。而喬氏住在紐約期間，不僅足跡遍及長島的「東卵」（Great Neck）和「西卵」（Little Nick），還同當時的女友（也就是後來的太太）在小說中的廣場飯店跳舞、坐馬車遊中央公園。因此，喬氏對此書特別有共鳴。

喬譯《大亨小傳》忠實流利，做到字字譯出，卻不字字照譯，譯者語言修養極佳固然是一大原因，另一緣由則在於喬氏翻譯態度嚴謹，凡有疑處必推敲斟酌，與人切磋琢磨。喬氏寫給林以亮的信中便有這麼一段話：「譯文第六頁，形容湯姆郣堪能最初出現，我初譯『兩腿拍開』，自己覺得生動，可是這種說法根據上海話，在原則上不能通過，改作『分開』似嫌無力。校樣中先改為『叉開』（意思不完全相同），後又改為『劈開』，不知究竟對否？」林以亮不僅催生喬譯《大亨小傳》、指點喬氏譯稿，還是「大亨小傳」這四個字的創始者，而「大亨」和喬治高的情緣，便從上個世紀三〇年代一直延續至今，期間雖不乏批評聲浪，例如一九七五年十一月楚茹於《中華日報》批評喬氏將caterwauling

（貓兒叫春）譯成「連番怪叫」，令譯文索然無味，但終究是瑕不掩瑜。

一九八五年的胡湘雲譯本是繼喬譯後第一個中文新譯，二月十五日由逸群圖書出版，編入名片名著全集，封面寫著「一九八四年第二次拍攝成電視迷你影集，目前中國電視公司（於七四年一月六日至三月三日播出）於每周日晚上十一點播出之影集」，並註明「由李麗梅飾女主角戴西」。不過李麗梅（Lee Remick）從未演過「大亨小傳」，而且該版本的封面和內頁放的都是一九七四年電影版的劇照，行銷手法可議。胡湘雲生平不詳，正文前雖可見譯序，但僅概陳作者生平和故事梗概，並未提及翻譯心得及策略，譯文則似參考喬譯，多處用字雷同，例如vulnerable喬譯為「世故不深」，胡譯為「涉世未深」，unknown men則皆譯為「無名小卒」，hard rock亦皆譯為「磐石」。不過，胡譯並非將喬譯搬字過紙，而是加以刪改濃縮，刪去之處如：

I had no sight into Daisy's heart, but I felt that Tom would drift on forever seeking, a little wistfully, for the dramatic turbulence of some irrecoverable football game.

喬版：我看不透黛西的心思，不過我覺得湯姆這個人一輩子就會這樣飄蕩下去，抱著一點悵望的心情，恨不得哪一天哪一處能夠追尋到過去某場球賽激戰的戲劇性的興奮。

胡版：因為我雖然不瞭解他，卻感覺得到湯姆似乎在尋找什麼，也許是想重溫足球時代的風光吧。

胡版略去畫底線處不譯，dramatic turbulence僅以「風光」帶過，在明快曉暢之餘似乎犧牲了原文的細膩和有意的隱晦。至於改動之處，胡氏將喬譯較古的用字改成通俗的成語，比如「板板六十四」改為「一本正經」，但有些段落則改得不甚高明，例如：

Conduct may be founded on the hard rock or the wet marshes, but after a certain point I don't care what it's founded on.

喬版：人的行為，有基於磐石、有出於泥沼，可是一過某種程度，我也不去管它的根源了。

胡版：有些人的行為是建立在磐石之上，有些則築於泥沼之中，但只要達到某種程度，我也不會去計較他們的動機。

本段描述尼克從美東回來之後價值觀的改變，原本他承繼父親的看法，認為人品高下出生既定，但是在美東所見，讓他對出身高貴的湯姆和黛西感到失望，反而對白手起家的蓋茲比有了新的看法。喬譯「根源」微妙點出尼克遇到蓋茲比之後便不若以往計較人的出身，胡譯改為「動機」，抹煞了本段對尼克階級意識改變的描寫。整體而言，胡譯將原作和喬譯改得較為淺顯通俗，淡化原作對階級的描寫，讀起來倒似羅曼史，不知何以成為經典。

汪芃在華山論譯時借用史坦納（George Steiner）翻譯像鏡子的說法，認為喬氏之前的譯本稱不上鏡子，只能算是鋁箔紙，看上去覺得有個影，但細節不清不楚，英文理解不對，中文表達拗口；喬氏的譯本則如黃銅鏡，中文表達純熟道地，但隨著時間過去，漸有年代隔閡感；近代譯本則像美肌過後的自拍照，正確有餘，但譯文彼此參考、風格相近。汪譯自比為光滑明晰的鏡子，力求在詞語層次沿用原文意象，譬如the silver pepper of the stars直譯為「銀胡椒粉似的星辰」，A damp streak of hair lay like a dash of blue paint across her cheek直譯為「她頰上貼著一綹濕濕的頭髮，宛若一道撇過的藍顏料」，用語現代，文氣通暢，令人耳目一新。

筆者身為第二十二位《大亨小傳》的鑄鏡者，有幸以前人為師，在看過所有改編電影和臺灣出版譯本後，決定以復古的中文重現這部成書於一九二五年的作品。其時美國階級流動頻繁，但新貴與舊族之間壁壘分明，作者費茲傑羅以《The Great Gatsby》為書名，The Great二字常冠在魔術師名前，其筆下主角蓋茲比（Gatsby）以「一連串成功的手勢」（an unbroken series of successful gestures）變出虛華的排場，自然是新貴無疑，在那講究出身的年代，其對大家閨秀黛西的追求一如小說的結語：「於是顛撲向前，逆水行舟，一次又一次，退回到過往」，而蓋茲比的個人際遇，正是戰後一代對美國夢幻滅的縮影。筆者盡量保留原文的隱喻，顯化書中的階級議題，力求不加註釋以降低閱讀干擾，以饗對此前譯本另有期待的讀者，是為跋。

大亨小傳
The Great Gatsby

作　　者　史考特・費茲傑羅（F. Scott Fitzgerald）
譯　　者　張思婷
協力編輯　謝孟蓉
封面設計　許晉維
行銷企劃　劉育秀、林瑀
行銷統籌　駱漢琦
業務發行　邱紹溢
責任編輯　吳佳珍
總 編 輯　李亞南
出　　版　漫遊者文化事業股份有限公司
地　　址　105台北市松山區復興北路331號4樓
電　　話　（02）27152022
傳　　真　（02）27152021
服務信箱　service@azothbooks.com
營運統籌　大雁文化事業股份有限公司
地　　址　台北市105松山區復興北路333號11樓之4
劃撥帳號　50022001
戶　　名　漫遊者文化事業股份有限公司

二版一刷　2015 年 08 月
二版七刷(1)　2021 年 02 月
定　　價　台幣260元
I S B N　978-986-5671-59-4

國家圖書館出版品預行編目(CIP)資料

大亨小傳 / 史考特・費茲傑羅(F. Scott Fitzgerald)著；張思婷譯. --
初版. -- 臺北市：漫遊者文化出版：大雁文化發行, 2015.08
272 面；13.8X21 公分
譯自：The great Gatsby
ISBN 978-986-5671-59-4(平裝)

874.57　　　104014782